Colloque Sentimental

entre

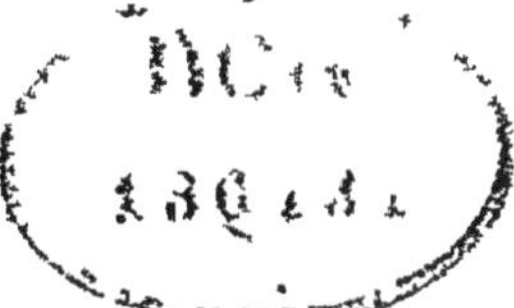

Emile ZOLA

et

Fagus

PARIS

SOCIÉTÉ LIBRE D'ÉDITION DES GENS DE LETTRES

30, RUE LAFFITTE, 30

—

1898

Églogue Sentimental

1898

entre

Émile Zola

et

Fagus

PARIS
SOCIÉTÉ LIBRE D'ÉDITION des GENS DE LETTRES
30, RUE LAFFITTE

Offrande de l'Auteur à la Bibliothèque Nationale

COLLOQUE SENTIMENTAL

entre

Emile Zola

Et

Fagus

Fagus

AU

LIEUTENANT-COLONEL PICQUART

Le lendemain de la condamnation d'Emile Zola par les Parisiens, j'allai déposer une pièce de vers chez lui ; j'en ai fait autant chaque jour ; je poursuivrai jusqu'au triomphe de l'œuvre à laquelle il s'est voué ;

Non que l'iniquité qu'il a entrepris de révoquer me révolte plus spécialement que pas mal d'autres dont nous sommes témoins : j'avoue qu'Etiévant, par exemple, m'est plus sympathique que le capitaine Dreyfus, ne serait-ce que parce que celui-ci est un officier ;

Ni parce qu'il s'agit d'Emile Zola : ma profonde estime pour le littérateur n'empêche pas que je n'admire plus que n'aime sa littérature :

Mais parce qu'Emile Zola a héroïquement manifesté le rôle que la génération littéraire dont je suis attribue à l'Artiste : missionnaire *du Beau sous toutes ses formes*, éducateur-né du reste des hommes malgré eux-mêmes, et non le laquais amuseur qu'ils revendiquent ; vieille rébellion à réduire une fois de plus, de la foule contre ses maîtres naturels ; ainsi, c'est le principe même de l'Art qui est en cause : ne pas se déclarer est se déclarer contre, et l'Artiste qui reste neutre abjure son titre. Voilà le motif qui me fait publier un extrait de cette correspondance rimée.

Juin 98.

I (1)

VIVE LA LITTÉRATURE !

Ave, Zola : oriturus te salutat.

Après Hugo, Flaubert et Charles Baudelaire,
Le Peuple-Roi te cloue au pilori boueux :
Suprême honneur à toi, suprême honneur à eux
Que puisse décerner la tourbe populaire !

Ce Peuple-Roi, comme infailliblement il flaire
Tout geste grand ! c'en est navrant et merveilleux !
Soyons-lui donc, Elus, miséricordieux,
Ayons pour lui quelque pitié, nulle colère,

Nous, puisque leur crachat, à ces innocents-là
De la définitive étoile constella,
Front aux fanges voué, tout homme de génie,

Et le jetant au ban de leur humanité,
Lui, face de splendeur sublimement honnie,
Le fait monter vivant à l'Immortalité.

(1) Un respect hygiénique envers la Justice de mon pays a évincé toutes pièces susceptibles de mettre en cause des personnalités : inutile, donc, de chercher d'autres visages que ceux que j'ai nommés.

24 février 1898.

II

Stabat Uxor dolorosa...

On dit que vous avez pleuré, Madame ; ah ! pour ces larmes,
Que ceux qui vous les ont fait verser, ces bandits
En redingote, ces boutiquiers nés gendarmes,
Ces soudards travestis en soldats, soient maudits !

On dit que vous avez pleuré, Madame... ah ! sacrilège
Autant que ceux qui les sortirent de vos yeux,
Suis-je peut-être, à les y cueillir, odieux
Et sans pudeur, ces pleurs où vos douleurs s'allègent,

Madame ! ah, pardonnez : votre persécuté,
Dans le respect de nous avait si haut monté
Que seule encor pouvait l'avanie et l'injure

L'élever au-dessus de lui-même, pour nous ;
Aux lauriers, l'épine est seule digne parure :
Ne pleurez pas, Madame, ô réjouissez-vous !

25 février 1898.

1*

III

NULLA DIES SINE CARMINE

Sonnet fleuri comme en rondel.

A moins que je meure, ou bien que mon cœur
(C'est tant faible, un cœur !) que mon cœur défaille,
Tant que sévira ta rude bataille,
Jusqu'au soir où tu rentreras vainqueur,

Enfin chaque jour à cette même heure
Un chant et qu'avant me mettre au travail
Je t'aurai voué, cherra du vantail
Anonymement franchir ta demeure
A moins que je meure ;

Tu ne liras pas, sans doute : les vers
Sont je crains, proscrits de ton univers
Telle une amusette un peu puérile :

Ce n'importe pas, car à ton insu
Te pénétrera leur vertu virile
Parfum d'un sachet balsamique issu,
Ou bien de mon cœur.

26 février 1898.

IV

Toi, lorsqu'on t'a frappé, c'est la Littérature
Que l'on frappait en toi : nous nous sommes sentis
Tous atteints par le coup, les grands et les petits
(Si l'on peut appliquer sans quelque forfaiture

A l'art ces classements en Noblesse et Roture !)
Eh bien toi, justement, toi : tu nous combattis ;
C'est bien, nous ripostons ; mais tu nous investis
Pour ce que nous n'avons pas la même écriture,

D'impuissance infantile et de sénilité !
Vois du moins en nous quelque générosité :
Nous sommes ennemis ; mais dès que s'égosille

Le Peuple souverain derrière tes talons,
Vers toi nous éployons nos ailes et volons :
Tu vois : nous sommes tous de la même famille !

27 février 1898.

V

LA NUIT DE VENTOSE

« Poète, prends ton luth... arraches-en les cordes
Et tords-les ! et fais-en un fouet bien cinglant,
Et frappe ! et frappe ! et frappe ! et sans miséricorde,
Sur ce troupeau hurlant, bêlant, bramant, beuglant !

Frappe, mais jusqu'au sang, doux Poète !... j'accorde
A l'office quelque chose de répugnant...
Il le faut : raidis-toi, anéantis la horde
Et transforme-la toute en un fumier sanglant

D'où tu feras lever tes fleurs de Poésie ;
Il existe sur terre une race choisie,
C'est toi, Poète, pure émanation de Dieu ;

Le reste, remuement puant tient le milieu
Entre l'homme et la brute et grouille dans sa fange,
Et si tu ne l'extermines pas, il te mange ! »

28 février 1898.

VI

POPULUS REX

Etudiants aux bérets à la Guillaume Tell
Que j'ai vus de mes yeux avec leurs gourgandines,
Filles de brasseries, évadées de bordels
Ces nuits de sang souiller de chants la guillotine

Qu'allait Vaillant transfigurer en un autel ;
Marmitons vertueux gueulant les cavatines
Du caf'-conc' patriote, ô Wagner immortel,
Pour préserver de toi vos odes libertines ;

Camelots souteneurs du trône et de l'hôtel,
Bourgeoisillons couards, féroces pour vos caisses,
Journalistes s'offrant à coups de grosse caisse,

Foule abjecte beuglant au hasard : Vive Un tel !
A mort Un tel !... bravo ! je vous attendais ! Place
Au Peuple Souverain ! à Sainte Populace !

1er mars 1898.

VII

PREMIÈRE AUX BÉOTIENS

SYMBOLISME

> Les couleurs, les parfums et les sons se répondent.
>
> BAUDELAIRE.

Le soir du Mardi-Gras, engouffré dans ce hall
Qu'un vaste numéro, mais combien symbolique !
Dès cinq cents pas de là signale, signe, explique,
Aggravé d'un quadruple emphatique fanal,

Hall de l'hôtel garni par le nommé Journal
— Il s'intitule tel — symbole hyperbolique
Pour, lui, synthétiser toute feuille publique — ;
Tandis qu'autour de moi grondait le bacchanal

Carnavalesque, oh lui ! plus symbolique encore !
Je me pris à lorgner l'image qui décore
La cimaise et connus le jury souverain ;

Et quand j'eus vu cette exhibition bovine,
Fleurant l'auge, le foin, l'étable et le purin ;
D'avance leur verdict m'emplissait la narine !

2 mars 1898.

VIII

PÉTITION

Les as-tu par hasard lus, ces vers que j'apporte
Et que chaque midi je glisse sous ta porte ?
Si oui, tu t'es peut-être dit : du sentiment,
Beaucoup de sentiment, mais il ne sait vraiment,

Ce jeune homme, ce que c'est que la poésie :
Ce pluriel rime un singulier, hérésie !
Hiatus ! élisions !... ce vers, quatorze.., eh oui,
Quatorze pieds... c'est un écolier ébloui

De lui, qui ne sait pas compter... — Ah pardon, Maître :
J'ai mesuré, je n'ai pas compté... et mon mètre,
Observe comme j'en sais jongler... si pourtant

Tu te trouvais si peu que possible hésitant
Et croyais que ma poésie, je la taillade
Sans art, demande à notre ami Laurent Tailhade.

3 mars 98.

IX

REFERENDUM

Maigret et Coupeau, bras dessus dessous,
Sicardot honteux pour l'armée française,
Trublot émergeant des jupe' à Gervaise,
Et les Lorilleux tremblants pour leurs sous,

Saccard qui suppute une bonne affaire,
Delestang, ministre à manger du foin,
Grandmorin, le vieux ardent à — bien faire
Ont élucidé le cas avec soin :

L'honneur du pays, que tous représentent
— Et seuls — en dépend : ainsi, tous consentent ;
Bibi-la-Grillade et l'abbé Faujas,

Tout navrés d'avoir pu se méconnaître,
Ont drainé Lantier, tout gonflé d'en être...
C'est pour envoyer Zola à Mazas.

4 mars 98.

X

Chaque jour, quitté ton seuil, je fais halte
Square Vintimille, et là, je m'exalte
Et je renouvelle à mon vibrant cœur
Sa provision de chaude vigueur

A considérer la noble statue
D'Hector Berlioz — et je m'évertue
A m'incorporer l'héroïque effort
Qui l'a jusqu'au bout fait braver le sort,

Et semble on dirait par delà la mort
Dans ce bronze dur le raidir encor :
Alors ma jeune âme éployant son aile,

Je jette entre vous comme un parallèle
Et, coulés vous deux du même métal,
Je t'assied vivant sur son piédestal.

5 mars 98.

XI

Tu fus bien dur pour Paul Verlaine
Et pour Villiers de l'Isle-Adam !
Ils n'eurent point ta large veine,
Jaillissement surabondant ?

En valent-ils moins, cependant ?

Hélas ! veine de nulle sorte
Ils n'eurent, c'est bien évident :
D'où, tu les as mis à la porte
Avec un : Peuh ! les décadents !

— Le succès ! la prostituée
Que tu violas tant de fois,
Ses basses faveurs, tu les vois
Se finir en quelle huée !

Et c'est à présent que tu vaux,
— Plus que par tes massifs travaux,
Autant que ceux que tu dédaignes :
Et que l'exemple d'eux t'enseigne !

6 mars 98.

XII

VIR

Pour M. F. Pillon.

Au travers de la vie comme d'une mêlée
Tu passeras portant comme on porte un drapeau
Ta foi ; tu la dresseras bien droit et bien haut,
Au-dessus de la bataille démuselée ;

Voguant tes yeux en ta vision étoilée
Tu marcheras sans voir au milieu du troupeau
Des appétits et des fureurs flairant ta peau,
Sauvegardé, guidé par la Victoire ailée ;

Clameurs et sifflements de mort s'aplaniront
Sous chacun de tes pas en avant, et mourront
Un à un pour ressusciter apothéose,

Et chacune huée en chantant te suivra,
Triomphal processionnement d'où pleuvra
Comme des roses notre amour, ô toi qui oses !

7 mars 98.

XIII

Jean Grave eût pu se plaindre aussi
De toi, sais-tu bien ? — Quand naguère
Tant de gens de cœur se liguèrent
En sa faveur, ton seul souci

Fut d'être un défenseur de l'Ordre :
Jean Grave est anarchiste, donc
Il ne mérite aucun pardon,
Et tu n'en voulus pas démordre ;

Aujourd'hui, c'est toi l'insurgé,
L'homme de désordre, et Jean Grave
S'est immédiatement rangé

A tes côtés : brave homme brave,
Il ne t'en veut pas, il ne hait
Que le mal, l'inique, le laid.

8 mars 98.

XIV

TIERCE AUX BÉOTIENS

— Être un des douze c'est comme être un des Quarante
Et bien mieux qu'être un des Trois cent soixante-trois !
Cela n'éclate pas à l'œil, comme la croix,
Mais, c'est un titre ! eh-eh ! même un titre de rente :

C'est le legs assuré de la vieille parente...
Mon Dieu, je n'ai fait que mon devoir, mais je crois
Qu'un devoir bien rempli confère quelques droits :
Ainsi, j'impétrerais une plaque apparente,

Une enseigne (au besoin je fournirai l'argent)
Avec ces quelques mots : « Au Juré diligent —
Traiteur — Marchand de vins — café noir à toute heure ;

— Plat du jour, croissants chauds et petits pains au beurre. —
— Grand salon au premier pour noce ou pour gala,
Tenu par un Juré qui condamna Zola ! (1). »

(1) L'auteur ignorait qu'un des honorables Jurés fût marchand de vins.

9 mars 1898.

XV

QUATRIÈME AUX BÉOTIENS

Complainte en forme de sonnet à cinq pattes, du Juré qui n'a pas été interviewé.

— « Tous les douze ont été interviewés — sauf moi ;
Pensées, faits, gestes, mots, les journaux les célèbrent
(Et portrait, comme pour les assassins célèbres !)
Leur décision sur le féminisme fait loi

Dans leur quartier, les princesses belge' en émoi
Leur écrivent, les gens de police les traitent
Comme des leurs, avec bienveillance discrète ;
Les curés leur sont doux ; du plus loin qu'il les voit,

Ernest Judet, qui se connaît en honnête homme,
Les salue, et Drumont — à haute voix ! — les nomme ;
L'invalide à la tête de bois, pleurant d'aise,

Hurle : Ils ont sauvé l'honneur à l'armée française !
Tout ça n'est rien ; ce qui déchire l'intestin
Où gît mon cœur de commerçant et le transperce,

C'est la réclame que ça monte à leur commerce :
L'acheteur pleut chez eux ! qu'ai-je fait au destin ?
Fus-je donc moins... docile qu'eux, et moins ... candide?

10 mars 1898.

XVI

AMENDE AUX BÉOTIENS

Ceux qui t'ont condamné, c'étaient de braves gens,
Excellents citoyens, patriotes modèles,
Bons pères, fils pieux, époux chastes, fidèles,
Commerçants scrupuleux et point trop exigeants

Au débiteur, patrons peu fiers, mais indulgents ;
Leur âme ne connaissait pas les grands coups d'aile :
Bien plus moineau franc qu'aigle ou même qu'hirondelle,
Mais en somme ils étaient plutôt intelligents...

Ah ! tout vaut mieux que l'intelligence moyenne
Même se festonnant de vertu citoyenne !
Un forban de génie, osant tous les moyens !

Les juges de Jésus, les juges de Socrate,
Ceux de Vaillant, étaient d'excellents citoyens
Aussi, des braves gens, l'Histoire le constate !

11 mars 1898.

XVII

FRAGMENT

. . . .

Car, tresser dextrement la phrase cadencée,
N'est rien ! le Poète a l'âme plus loin fixée,
Lui ; sous quelle livrée on fût étiqueté
Et sous quel grade au Régiment Société,
C'est toute âme au-dessus d'elle-même haussée :
Poète, c'est celui qui pense avec beauté,
Qui vit avec beauté, qui vit par sa pensée,

Et fût-il le plus pauvre des pauvres d'esprit !
O vous tous ! c'est ainsi que doit être compris
Le discours de Celui que fit Dieu sa grande âme ;
Le reste, c'est la foule : un pêle-mêle infâme,
Petits, grands, la marchandise humaine à bas prix,
Et qui selon le vent, insulte ou bien acclame,
Indigne de l'aumône même d'un mépris !

Le Poète n'a qu'une haine, haine immense :
La Bassesse ! et quand la multitude en démence
Effondre Justice et Bonté sous ses fureurs,
Quand tout tremble, et que les plus généreux ont peur,
Le Poète paraît, impose le silence
Aux appétits, et dans son génie et son cœur,
Lui, pour l'Éternité prononce la sentence !

12 mars 1898

XVIII

IDYLLE

« L'autre jour au fond d'un vallon
Un serpent piqua Jean Fréron :
Que pensez-vous qu'il arriva ?
Ce fut le serpent qui creva. »
(XVIIIe s.).

L'autre soir au lit d'un b...
Nana monte avec Croque-au-Sel :
Que pensez-vous qu'il arriva ?
— ... — Non, ce fut Nana qui paya !

A l'instant sur le drap tel quel
Nana s'unit à Croque-au-Sel :
Que pensez-vous qu'il arriva ?
— Ce fut Nana qui l'attrapa !

Le lendemain soir, rue d'Orsel,
Nana griffe à l'œil Croque-au-Sel
Que pensez-vous qu'il arriva ?
— Ce fut Nana qui en creva !

13 mars 1898.

XIX

ANATOLE FRANCE

> Enfants, voici des bœufs qui passent,
> Cachez vos rouges tabliers.
>
> V. Hugo.

Cet homme fait rougir de honte
Les palmes de ses habits verts ;
Les lions du seuil, quand il monte,
Le regardent tout de travers ;
Lions de l'Institut, ô faces
Navrées, muffles de pleurs noyés,
Voici Anatole qui passe,
Cachez-vous dans vos tabliers !

Lions ! chastes gardiens eunuques
Du sérail où Coppée-houri
Chastement peigne vos perruques,
Voici l'Antéchrist ! il sourit
Et marche sur vos queues bonasses,
Le monstre ! avec ses fins souliers...
Voici Anatole qui passe
Cachez-vous dans vos tabliers !

14 mars 1898.

XXI

SUR L'AIR DE LA GRANDE DUCHESSE

Voici le sabre, le sabre, le sabre !
Voici le sabre, le sabre d'honneur !
Le jugeur glabre se cabre, se cabre :
Voici le sabre, le sabre, le sabre !
Ton nez, bourgeois, bourgeonne, en vieux cinabre,
Ton nez fleurit en fleur-de-lys en fleur ;
Voici le sabre, le sabre, le sabre,
Voici le sabre, le sabre d'honneur !

Le képi d'or s'aplatit en casquette,
Le beau Dunois lisse un accroche-cœur,
Le fils Saint-Louis plaque la rouflaquette,
Le képi d'or s'aplatit en casquette !
Mayeux, Basile et Ramollot coquettent,
Homais fait son enfant enfant de chœur !
Le képi d'or s'aplatit en casquette,
Le beau Dunois lisse un accroche cœur !

Goulatromba se gorge d'eau bénite,
Sœur Philomène sacre en pur sapeur,
Mercadet porte épaulette et lévite,
Goulatromba se gorge d'eau bénite ;
Sarcey s'engage aux hussards, corps d'élite,
Général Boum s'engage au Sacré Cœur !
Voici le sabre, le sabre et sa suite,
Voici le sabre, le sabre d'honneur !

16 mais 1898.

XXII

SOIR HISTORIQUE

Le Palais de Justice, au milieu d'un grand bruit,
Dégorgea les Jurés : l'élégante assistance
Avec des clameurs de joie apprit la sentence :
— Un an ? fit un sergo ; moi, j'en aurais mis huit [1] !

Alors un jeune prêtre à figure angélique
Dit au sbire : Ah ! bravo ! Vive la République !
Un fiacre au fanal bleu file au galop : C'est lui ! ! ...
Une immense huée éclaboussa la nuit.

Et tous ces gens avaient un air heureux, suaient
Le bonheur ; ils en étaient saoûls ! ils conspuaient
Comme on chante un cantique ! et moi, le cœur brisé,

Les reins roués et l'eau me coulant des aisselles,
Et mon cerveau dissous et comme extravasé,
Je montai lentement vers la rue de Bruxelles...

[1] Huit n'est pas là pour la rime.

17 mars 1898.

XXIII

AINSI FUS-JE AU LENDEMAIN

Vous savez, quand on rentre de l'enterrement
D'un être tendrement chéri ? un froid silence
Vous oppresse, et la chambre semble immense, immense ;
On a l'illusion que c'est réellement

Soi qu'on vient d'enterrer, et votre appartement
Le sépulcre, et votre âme, on la sent si vidée,
Qu'on croirait que l'autre sépulcre l'a gardée...
— Ou bien, à la fin d'un grand déménagement :

Tout est parti, le logis est vide et résonne,
Oh! résonne comme un grand tombeau...plus rien...non..
On croit pourtant avoir malgré qu'on se raisonne,

Oublié d'emporter quelque chose : quoi donc ?
— Un pan de notre vie à ces murs attachée,
Par grands lambeaux y pend, à jamais arraché.

18 mars 1898.

XXIV

Si j'étais le Gouvernement,
Je livrerais tout cru, en cage
A Descaves, le Lotophage
Sarcey, préliminairement ;
J'empoisonnerais Brunetière
De lui gorger le fondement
Avec son œuvre tout entière
En manière de lavement ;
Ferais faire amende honorable
Aux lettre', en chemise et cul nu,
A Rameau, poète exécrable :
Après quoi il serait pendu ;
Gyp serait brûlée toute vive ;
Bloy, sa peau ferait des tambours ;
Willy « jusqu'à c'que mort s'ensuive »
Absorberait ses calembours ;
J'enverrais à l'Ile du Diable
Drumont, avec Judet en sus ;
Mayer, vierge et martyr, au diable,
Rochefort à l'Enfant-Jésus.

19 mars 1898.

XXV

EXCUSES

M... aux entrouduculfustibilisateurs
Qui s'en vont, abstracteurs de sale quintessence,
Gonfaloniers vaseux de clubs de tempérance
A l'usage de nous, les purs littérateurs,

Nous brailler : Rien de trop ! courtisez la nuance !
Emondez l'excessif ! ouatez l'expression !
Culottez l'Idéal ! fourrez aux passions !
Le pantalon fermé des chastes convenances !

Ah ! vieux messieurs de l'Art ! chapons masturbateurs !
Eunuques polissons ! votre encre claire et nulle,
C'est votre sperme à vous, et cela s'éjacule,
Et ça coule, et ça fuit tout seul du testicule
Qui vous sert de cervelle ! Et bien nous, bons lutteurs,

Sommes assez dandys pour être ridicules
Quand le rut nous en poind ; ne sommes jamais bien,
Sommes splendides, grands, ineffables, ou bien
Effroyables, hideux ! expulsons les scrupules.
Vieille peur du Péché qui vous prend et vous tient,
Puant arrière-goût du mauvais sang chrétien,
Qui vous ronge et vous ard comme un mal vénérien !
Sommes jamais mauvais, sommes pires ! ou rien !

Vêtons ou tous respects, ou toutes insolences,
Avons tout, les mépris et les adorations,
Vivons, vivons, vivons, vivons ! ! sommes intenses,
Nous ruons aux pourchas des plus chaudes outrances,
Savons exacerber les exacerbations !

Sillons en riant vos flots furieux, violences !
Don Quichottons sans fin et sous nos coups de lance,
Disloquons les moulins à vent des évidences ;
Réceptacles d'ailleurs de toutes élégances,
Aimons trousser leur jupe et fesser les Raisons,
Compissons froidement tout usage, et faisons
Coïter nos anus avec les convenances !

Quant aux Règles, aux Lois, aux Principes, ils sont
Les cerceaux de papier que dom Bourgeois-Paillasse.
(Et je dis Bourgeois, sans nulle distinctions
Tout être quel qu'il soit dont la pensée est basse)
Nous brandit en criant fanfaronnement : Passe
A présent si tu peux ! — Crevons-les et passons !

Et crevons le Bourgeois avec s'il nous agace !

20 mars 1898.

XXVI

PRESSE PROBE ET LIBRE

« Notre conscience nous dicte le devoir impérieux de protester avec indignation. »

C'étaient quatre canards protestant dans un coin ;
Et le premier canard dans son coin faisait : coin !
Le deuxième canard dans son coin faisait : coin !
Le troisième canard dans son coin faisait : coin !

Et les quatre canards faisaient : coin-coin-coin-coin !!!

21 mars 1898.

XXVII

LA GRANDE COMPLAINTE DU MOI DE BARRÈS

J'ai vu le long des boulevards,
Maigre comme un chien famélique,
Lugubre comme une colique
Effarer les groupes bavards
Des Pécuchets et des Bouvards
Un fantôme mélancolique :
C'était Barrès cherchant son moi !
(— Ahoi !)

— En quel cure-dents que tu sois,
O cher Moi tant problématique,
Viens dispenser le viatique
A mon âme en si triste arroi !
Mais quoi ! le moi se tenant coi,
Barrès, posté dans ta boutique,
Perrin, libraire éventuel
(— Noël !)

Cria : — C'est donc vrai, moi cruel,
Mon Moi-t-à moi que tu t'insurges
Quand je te dénonce qu'il urge ?
Soit, je vais de mon bon scalpel

Me découper un moi tel quel,
Dans les moi des grands démiurges
D'aujourd'hui, d'hier et d'antan!
(— Hihan!)

Il prit à Taine l'anglican
Ses rasoirs, son vocabulaire
A Michelet, l'atrabilaire
A Proud'hon, son crâne à Renan
(Mais oubliant le contenant),
Sa voix de grenouille en colère
A Polichinelle-castrat
(— Amrah! —)

Pour la perruque, il l'impétra
De par le coiffeur bénévole
Du duc Luynes, la frivole
Emphase et le pompeux fatras
Scientifique à ces extra —
— Ordinaires Brutus-Scævole
En quatre-vingt-treize essaimés...
(— Ohimé!)

Il prit les moi-s amalgamés
De Spinoza, l'athée austère,
D'Ignace qui pour monastère
Eut l'univers : moi bien famés,
Puis les moi un peu périmés
De Fourier, l'homme au Phalanstère
Et de Saint-Simon (le nouveau)
(— Povero!)

Qualis artifex pereo !
Voici qu'au soir, navrante douche,
En passant le seuil plutôt louche
D'un hôtel au gros numéro,
— Parbleu ! celui du Figaro !
Barrès vit choir de sa piédouche
Ce moi (piédouche ou rocking-chair)
(— Pulcher !)

Y manquait le thyrse de chair
Qui seul fait virilité sûre :
Sitôt, Barrès prit du bromure,
Voyagea selon Baedecker,
Fumant des cigares bien cher
Pour se parachever la cure,
Mais le moi restait eunuqué,
(— O gué !)

Dès lors, Maurice a navigué
Partout, même en littérature
(C'est lui qui dit), à la questure
De la Chambre (hélas ! !) s'est drogué
Au chauvinisme ; il a vogué
Sur l'étang gras de pourriture
Qu'est la Politique, mais le
(— Héheu !)

Moi toujours quête à cor et cri
Un sexe mâle à moitié prix :

— De profundis !..

22 mars 1898.

XXVIII

ARGUMENTS RIMÉS POUR LES « *ROUGON-MACQUART.* »

SONNET LIMINAIRE

Oui le Poète est le Prophète :
En dégageant Hier, ta main,
En fit, prescience parfaite !
Surgir Aujourd'hui dans Demain !

Voici — ta formidable haleine
A ressuscité ce Passé ;
Eh bien, ta Comédie humaine,
La reconnais-tu se dresser ?

Cette carnassière cohue
Qui te vilipende et conspue,
Au néant, ton souffle la prit ;

Miracle qui nous exaspère :
Que ces enfants de ton esprit
Se révoltent contre leur Père !

23 mars 1898.

XXIX

LA PRÉFACE

> « Une étrange époque de folie
> et de honte. »
>
> E. ZOLA.

Certe, une étrange époque
De folie et de honte !
Par haute synecdoque,
Ton verbe la raconte ;

Ce n'est rien, il démonte
La navrante et baroque
Loque humaine, y décompte
Mécanisme et défroque :

Au creuset, goûts, natures,
Passions, vice', en somme
Sont réactions pures

D'un composé chimique
Vêtu de rhétorique :
Tu décomposas l'Homme.

24 mars 1898.

XXX

« LA FORTUNE DES ROUGON » : LA PROVINCE

C'est le Provincial, l'être sans passion :
Rien que des appétits ! il végète sa vie,
Puante bête à corne en sa bouse croupie,
Et mâche sa bassesse avec dévotion.

C'est la cupidité dans son abjection,
Tous les vices hideux, la luxure, l'envie,
La peur lâche et féroce, et l'orde hypocrisie,
Tous ! il est le support de notre nation ;

Beauté, Jeunesse, Amour, la bête à mille mufles
Sous son sabot pesant les écrase sans voir ;
Idéal, Liberté, Foi, Culte du Devoir,

L'amas de mufles qui se prisent pour des buffles
S'accouplant et dardant son gros œil hébété,
Et mâche sa fiente avec solennité.

25 mars 98.

XXXI

« LA CURÉE »

O laches, la voilà...
Voici la Cité Sainte assise à l'Occident !
(Rimbaud)

Hallali ! Hallali ! les Barbares sont là !
Tous odoré de loin l'odeur de boucherie,
Tous accourus à la gigantesque frairie,
De tous les horizons, hallali ! les voilà !

Les gros et les petits, tous poils et toutes races,
Mandibules craquant, pareillement voraces,
Loups et vermine, et pareillement enragés
D'appétits, hallali ! s'ameutent pour manger !

Effroyable curée ! un peuple et son histoire,
Et sa gloire ! et son or ! à dévorer d'un coup !
Et le suprême assouvissement, oh ! surtout !

Dans le cadavre dégorger leurs génitoires
Pour bien souiller, flétrir ce cadavre exécré
De leur martyr à tous, le Grand Paris Sacré !...

26 mars 98.

XXXII

« LE VENTRE DE PARIS »

> « Caïn est un Gras et Abel un Maigre. »
>
> E. Zola

Escargots salivant le cœur de la salade,
Verts pucerons parqués sur le rosier clément,
Gourmandes mouches d'or confisant l'excrément,
Acarus perforant sous un derme malade,

Les Gras engraissent à même leur univers,
Énorme ventre enflé d'énorme victuaille :
Mouvantes végétations de ces entrailles
Succulentes, ils grouillent en paquets de vers,

Les Gras ! leur organisme est succinct : c'est un ventre
Avec des dents : la cervelle mijote au centre
Sous l'espèce d'un volumineux intestin :

Un cœur perturberait l'ineffable équilibre
De ce ventre ! et muets, aveugles, impassibles,
Se digèrent les Gras en éternel festin !

27 mars 98.

XXXIII

« LA CONQUÊTE DE PLASSANS »

LE PRÊTRE

Tu leur as dit, Seigneur : « Vous irez par la terre
Et l'ensemencerez d'amour et de bonté ;
Vous serez sa grande sœur au déshérité,
Et vous tendrez la main à la femme adultère ;

Vous briserez toute entreprise délétère
Et serez héroïque avec humilité ;
Vous réchaufferez la pauvre âme solitaire
De l'homme au grand foyer de la fraternité ! »

Eux, ont faite la terre un cachot détesté
Où, vivante, enterré la blême humanité,
Et toi, Seigneur, ils t'ont extorqué à notre âme
Et recloué au fond du ciel muré par eux,

Et pour finir, sacrilège le plus hideux !
Eteint cette flamme de nos vieux cœurs : la femme,
Et nous voilà dans un grand tombeau ténébreux,
Un désarroi de spectres las et malheureux !

28 mars 98.

XXXIV

INTERLUDE I

LE GALA IBSEN

Vive Ibsen ! Vive Zola ! Vivent
les Ennemis du Peuple !
(LES FIGURANTS).

A travers le temps et l'espace,
Au fond des mêmes gémonies,
O vous vous rejoignez, génies
Soudés des crachats de sanies
De la même plèbe vorace !

Fortuites coïncidences
Ricanent-ils ! nous voyons, nous,
Vibrer, onduler entre vous,
Ennemis du Peuple et « Purs fous »,
De magiques correspondances !

Et que la formule pensée
Par l'un de vous, fût-ce en secret,
Doit se trouver des temps après,
Selon d'infaillibles décrets,
Un jour par l'autre prononcée !

Et moi, sous l'ouragan de fête
Où nous, vos inconnus amis,
Mêlons vos deux noms de honnis
Par notre enthousiasme unis,
Je vous vois le double prophète :

Il se dédouble d'un coup d'aile,
Il se fait son propre reflet,
Et toujours unique et complet,
S'il se prédit, c'est qu'il lui plaît
D'alterner sa vie parallèle ;

De tant de noms qu'on le surnomme,
Il n'est qu'un grand homme à la fois ;
Zola, Wagner, Ibsen, ces trois
Font le même prophète en troix voix :
Il n'est à la fois qu'un grand homme !

Improvisé dans la coulisse, 29-30 mars 98.

XXXV

«LA FAUTE DE L'ABBÉ MOURET»

Rêve d'un paradis retrouvé dans un rêve !
Redevenu l'Univers, l'ouragan de fleurs
Foisonnement d'amour d'avant les premiers pleurs !
Résurrection là du couple Adam et Ève

Pour refaire une humanité de l'âge d'or
En un baiser d'enfants aimeurs sans imposture !
Pureté, pureté sous la bonne Nature
Qui s'y berce elle-même et somnole et s'endort !...

Hélas, hélas ! le rêve a déchiré ses ailes
De lumière et de fleur dans tes griffes mortelles,
O glacée et desséchante réalité !

Fauché le Paradis ! et toi, beau couple tendre,
Etranglé par la vieille aveugle humanité,
L'inexorable acharnée à ne plus comprendre !

30 mars 98.

XXXVI

« SON EXCELLENCE EUGÈNE ROUGON »

LA HAUTE POLITIQUE

Aigrefins porphyrogénètes,
Laquais enfraqués de gala,
Forçats pas surpris d'être là,
Truffaldins qui furent honnêtes,

Madelons de Madelonettes,
Haute police et falbala,
Et Gargamelle-Dalila,
O candides marionnettes,

Portez avec conviction
Du destin de la nation
Chacun sa tranche découpée

Pour les gamachiques festins,
Fins poussahs, impotents pantins,
Manœuvrés par une poupée !

31 mais 1898.

XXXVII

« L'ASSOMMOIR »

Echappé de l'usine où le labeur sordide
Pressure sa cervelle à grands coups de marteau,
S'affale à l'assommoir : le toxique liquide
Déchiquète son corps comme avec un couteau,

Lui hache et jette au vent avec ses vomissures
Son cœur tout calciné, lui remonte arracher
Puis dans un gluant gargouiilis de ses fressures
Son reste de cerveau laminé, le cracher;

Ainsi, la pauvre viande humaine, triturée
Alternativement au mortier du travail,
Alternativement aux alcools macérée,

Tourne en bouillie immonde; et l'effronté bétail
Gouvernant, mâche à même ces chairs de souffrance,
Grands Dieux ! et qui sont la chair même de la France !

1er avril 1898.

XXXVIII

INTERLUDE II

L'ANNIVERSAIRE

Cinquante-huit ans ! autant que d'œuvres,
Ou quasi ! répit ni repos !
Et qu'ingurgité de crapauds,
Et de crachats, et de couleuvres !

Et sans jamais s'en émouvoir !
Interprétation si large
De la mission dont se charge
L'Artiste, et son formel devoir !

Que l'Art est un haut monastère
Où l'on s'enferme, cloître austère
Aux labeurs purs, et trois fois saint !

Mais dont on refranchit la porte,
Vît-on vous guetter l'assassin,
Chaque fois que le vent apporte

L'écho sinistre d'un tocsin !

2 avril 1898.

XXXIX

INTERLUDE III

CONNU LA CASSATION

Eh bien, oui ! oui je te le regrette,
Oh ! le regrette immensément,
Cet épilogue au jugement
Machiné par les porte-aigrette !

Je t'eus voulu voir en prison,
Voulu voir la foule, en sa joie
De sous sa dent mâcher la proie,
La voir tomber en pâmoison !

Crachat d'un peuple qu'on affole,
Suprême étoile à l'auréole
Qui ceint le sage et le Penseur !

En prison Zola ! quelle gloire
Pour l'Art saint ! et pour ta mémoire,
Quelle nouvelle et pure fleur !

3 avril 1898.

XL

INTERLUDE IV

Par l'arrêt, — dirai-je la douche ? —
Qui les gifle, est-il fini, donc
Le grand combat ? je jure non !
Surérogatoire escarmouche,

Qui parfaitement peu nous touche !
L'œuvre entreprise est sous ton nom ;
La bouche broyant le baillon,
Qui cria : J'accuse ! est ta bouche !

Poursuis ! poursuis l'œuvre dernière
Qui fleuronnera ta carrière,
O l'homme à l'acharné labeur !

Que par les temps il retentisse,
Le cri jailli de ton grand cœur :
« Charité ! Vérité ! Justice ! »

4 avril 1898.

XLI

DOUBLET SUR « L'ASSOMMOIR »

A Laurent Tailhade.

Cambrant son échine au comptoir de métal blanc,
Lantier, en gestes gras de réunion publique,
Prêche, bénit, pérore, épate, expose, explique :
Son public — (ni lui) — ne comprend ; mais fait semblant ;

Il s'ennuierait plutôt, s'il n'était si tremblant
D'en avoir l'air ; d'ailleurs, leur orgueil se complique
D'un autre orgueil, candidement hyperbolique :
Ouïr un frère, un pur, parler de but en blanc

Sur tout, de tout, aussi bien comme un journaliste,
Avec les mots d'un député socialiste !
Bon sang ! encore un qui sans se faire prier

Leur en boucherait un sacré coin ! et l'œil veule,
Coupeau bégaie, ivre : Oh ! j'y bourrerai la gueule,
A l'immonde Zola qu'insulte l'ouvrier !!...

5 avril 1898.

XLII

« UNE PAGE D'AMOUR »

Frêle âme d'une enfant, plus frêle qu'une fleur,
Eclose comme une rose, et morte comme elle
Et qu'efface et flétrit à la frôler de l'aile,
La bise de l'autan siffleur et persifleur !

Doux pleur d'amour inséré sous la pellicule
D'une fleur en bouton ! sanglot tout embaumé
Qui s'envole ! adorable poème de mai
Que soupire la brise d'or d'un crépuscule !

Et dessous, roule ton sinus tumultueux
Béant monstre de brique et de plâtre boueux,
Impassible Paris ! milliards de prunelles !

L'enfant penche, aspirée avidement par elles ;
Morte, la fleur tombe en tournoyant dans le gouffre...
Douloureux et doux roman d'une enfant qui souffre !

6 avril 1898.

XLIII

« NANA »

> « La mouche d'or... Et grande, belle, de chairs superbes, ainsi qu'une plante de plein fumier, elle vengeait les gueux... »
>
> F. ZOLA.

La curée assouvie et tous les ventres pleins,
Digèrent les repus à même la mangeaille,
Fumier, charnier, latrine, et fosse à victuaille,
Et gluant lit d'amour, auge à toutes les faims !

Or, de l'énorme amas de chaude pourriture
Fermentant sous le tas accroupi qui s'endort,
Or, une mouche d'or est née, et prend essor,
Et se balance en l'air et flaire sa pâture :

Et se laisse tomber sur les ventres repus ;
Or, ce corps de splendeur est gonflé de ce pus
Suintant du monceau de cadavres liquides.

O hideuse revanche des charniers d'en bas !
D'elle chaque baiser loge un poison putride :
Elle les pourrit tout vivants, et ne sait pas.

7 avril 1898.

XLIV

INTERLUDE V

COLLOQUE SENTIMENTAL

Ce matin, comme j'allais mettre
Ma cédule en ta boîte aux lettres,
J'entends : Tiens : il demeure là,
Vois-tu ? la crapule, Zola !
Je lorgne attester ta fenêtre
Un vieux barbon proboscidien
A son navet de collégien ;
Je glisse mon pli dans la boîte :
Mon birbe à sa poire benoite
Inculque un air torve et cruchon
A s'en tordre en tire-bouchon :
— Oui, Monsieur, c'est une crapule,
Une crapule et un cochon !
Me confie-t-il — puis éjacule
Vers la porte un crachat bien gras,
Si gras, qu'il flasque sur le gras
De son ventre ; et moi : — Je t'approuve,
Bon vieillard, car ton gilet prouve
Mieux qu'une couple de témoins
Pour la salauderie au moins
Une compétence absolue !
Et poliment je le salue.

8 avril 98.

XLV

INTERLUDE VI

PŒAN

Io Pœan Pœan ! encore t'appelle,
Ecoute, l'entends-tu, la vierge au vol dansant ?
Elle te cherche, elle te frôle, elle descend,
Suspendue à ses bondissantes ailes !

Et nous tous aussi qui portons des ailes,
Au triomphal appel, cri de guerre éclatant,
Nous bandons l'aile en chœur et volons en chantant,
Et tu nous revois, fervents et fidèles !

Que clameurs et huées s'écrasent donc sur nous,
Nous en rirons, nous riposterons sans courroux
Et, pour anéantir la malice et ses toiles,

Nous les secouerons, nos ailes de feu
Gonflées d'œuvres ! parle : et comme par jeu
Nous en ferons pleuvoir une neige d'étoiles !

Mais Elle, la Victoire ailée au vol dansant,
T'appelle, nous appelle, et passe en frémissant !

9 avril 98.

XLVI

« POT-BOUILLE »

LES HONNÊTES GENS

L'édifice est vaste et secret comme une tour
Et l'immense escalier l'emplit de sa spirale,
Sévère et somptueux comme une cathédrale,
Et les foyers bourgeois gravitent tout autour.

Derrière ces huis toujours clos ont leur séjour
Tous les vices s'entremangeant à gros scandale :
Des grappes de bulles fétides, ça s'exhale
Et crève hors l'eau croupie, et sans fin ; tour à tour

On se vole, on s'entre-déshonore, et se tue,
Et s'insulte, et se ment, bave, et se prostitue,
Mais ganté, chaussé de feutre, et rien au dehors,

Des hideurs de derrière la porte, ne sort :
Car ils ont leur honneur, ceux de la bourgeoisie,
Ils sont les voraces mâcheurs d'hypocrisie,

Et l'austère escalier, coi, fait celui qui doit.

10 avril 98.

XLVII

« AU BONHEUR DES DAMES »

LA CENTRALISATION

Anonyme acéphale aux milliards de gueules
Béant au bout de milliards de tentacules,
Pieuvre flasque, elle s'étale et pompe, avale
Placidement toute énergie individuelle ;

Médailles pesamment accumulées, qui roulent
Toutes même effigie avec même module ;
Bétail humain trottant derrière un chef de file,
Administration ! Suffrage universel !

Roi Tout-le-Monde ayant pour couronne royale
Un bandeau lui bouchant prunelles et cervelle
Et pour scel un multiple chiffre matricule
Composé de zéros en gigantesque foule ;

Royaume où nul n'est roi, où tous tyranniculcs
Et tous, serfs, flétris de castration mutuelle,
Tous rayons d'une roue au centre qui recule,
Et sans savoir pourquoi, tourne, immense et stérile !

11 avril 98.

XLVIII

« LA JOIE DE VIVRE »

Ah ! vivre sans savoir pourquoi ! vivre pour vivre,
Comme ce moucheron trempé d'or qui s'enivre
D'un rayon de soleil, et frissonne au travers !

Se contenter d'être cela : l'onde qui vibre
Avec l'infinitude d'ondes, l'Univers,
Bulle qui pense, onde qui voit, esclave libre,

Etre l'indispensable infinitésimal,
Rêve ! rêve réel ! et le sentir tel ! Joie,
Joie, ô joie à sentir la vie qui se déploie,
Insensible aux vanités du bien et du mal,

Et savoir qu'on en est, saintement immoral !
Joie de vivre ! vertige clair où l'on tournoie,
Océan de sagesse où sans crainte on se noie,
Sublimité d'être un Dieu dans un animal !

12 avril 98.

XLIX

« GERMINAL »

La terre est inerte et glacée,
Mais le soleil joyeux et fort
Verse au sein de la fiancée
L'amour puissant comme la mort :
Son bouillant baiser d'épousailles
Féconde le flanc virginal :
Hardi, les gas! c'est Germinal
Qui fera lever les semailles !...

La vieille société chancelle,
Foutez-moi la bien vite à bas !
Que la révolte universelle
Nous lessive en rouge les bras !
Précipitons ses funérailles,
Au monde rongé par le mal...
Hardi, les gas ! c'est Germinal
Qui fera lever les semailles !...

Qu'importe creuser notre fosse
Si nous t'y poussons avec nous,
Humanité mauvaise et fausse
Qui nous a gorgés de dégoûts !
Pourvu que du moins tu t'en ailles,
Tout le reste nous est égal...
Hardi, les gars ! c'est Germinal
Qui fera lever les semailles !...

De ce monde qu'on nous délivre !
Nos successeurs en referont
(Car nous, nous n'y pouvons plus vivre !)
Un nouveau qu'ils édifieront
De nos charognes, nos entrailles :
Nous le voyons, il est fatal :
Hardi, les gas !! c'est Germinal
Qui fera lever les semailles !!

13 avril 98 : d'après l'*Hymne anarchiste*.

L

« L'ŒUVRE » : L'ÉTERNEL RATÉ.

Tous les plus grands, aimez, vénérez le Raté,
Génie boîteux, soleil toujours en crépuscule,
Et ses yeux fous, ses enthousiasmes ridicules :
— Vous, les plus grands, jadis avez ainsi été ;

Et toujours vous le serez, si vraiment vous êtes
Les grands : l'Œuvre, hélas, c'est un rêve raté, c'est
L'aigle empaillé ! la preuve ? eh ! c'est vous qui la faites :
L'œuvre close, et qu'importe quel fût son succès,

Vous vous ruez bâtir une autre œuvre, ô génies !
Quand le Dieu Beethoven de ses neuf Symphonies
Acheva la neuvième, édifice si beau

Que l'on doute à l'ouïr ouïr œuvre mortelle,
Lui, mécontent, en entreprit une plus belle,
Et c'était un raté qu'on couchait au tombeau.

Le vrai raté, c'est l'homme arrivé qui, la cime
Grimpée, regarde en bas, poltron audacieux,
Et s'arrête, content... — Et là-haut ! et les cieux,
O Prométhée, Homme, éternel Raté sublime !

14 avril 1898.

LI

« LA TERRE » : LE PAYSAN

— Terre! éternelle Riche, avec ta chevelure
De végétaux crêpus et tordus sur ta peau,
Et tes foisonnements d'animaux, et troupeaux
De peuples t'emplissant, fourmillante fourrure,

Comment peux-tu souffrir la dévorante ordure
Te raviner, du parasite malfaisant,
Gale qui te perfore et mord : le Paysan,
Et déglutit à même ton flanc sa pâture!

— Le Paysan mangeur de terre est mon enfant
Plus que la bonne vache et plus que l'éléphant
Patriarche, et plus que l'herbe ou le ver de terre:

Lui, ne vit que pour moi; pas même un végétal,
Mais une végétation héréditaire,
De la terre qui bouge et qui mâche, au total.

15 avril 1898.

LII

« LA BÊTE HUMAINE »

Entre la folie et le crime, autre folie,
Et tous nos appétits, trémoussons-nous, dansons!
Mais, quelles cabrioles bêtes nous faisons,
Et navrantes! pendus, accrochés à la vie

Par ces ficelles-là! la mort folâtre, houp-là!
S'agriffe aux fils tendus comme à l'escarpolette
Et balance, hop-là! son frétillant squelette
Et nous nous démenons à sa suite... et voilà!

De temps en temps la Mort, jeune capricieuse,
Pour jouer jette un coup de dent au hasard, clac!
Et quand la dent tranchante de l'insoucieuse

Attrape un fil, le fil casse net, ça fait crac!
Le pantin éternue, et couac! et s'abat, flac!
La Mort l'envoie avec les autres dans son sac!

17 avril 1898.

LIII

« L'ARGENT »

A Paul Adam.

« L'Or est le feu solaire solidifié ;
L'Argent, c'est l'Or corrompu. . »
(*Alchimie*)

« Argent : ensemble du numeraire. »
(*Dictionnaires*)

Essence de Soleil ! Quinte essence de Vie,
Ruissellement cristallisé dans la Lumière
De cette Vie ! Or vierge ! Or pur ! forme première
Dont toutes ont germé ! que toutes ont suivi !

Saint ! saint ! saint ! oh comment, hommes, avez-vous pu
Le mélanger à vos sacrilèges cuisines
De toute la nature au feu de vos lésines,
Or sacré ! ils ont fait de lui l'Argent qui pue !

Mais, Or divin ! en vain l'homme t'a corrompu :
Ton âme reste vierge comme le soleil,
Feu purificateur, blond, fluide, vermeil,

Multiple, dévorant, vivifiant, agile !
Tu régénéreras notre déchue argile,
Or vierge ! Or pur ! Or saint ! Essence de soleil !

16 avril 1898.

LIV

« LE RÊVE »

Un rêve, un rêve !
Et tout est rêve,
Et la vie une bulle d'air
Qui s'enfle, et monte au ciel, et crève,
Eternel Demain, éternel Hier.

La vie est un rêve, une bulle,
Et, vivants qui rêvons agir,
Que sommes-nous ? des somnambules
Qui nous éveillons pour mourir !

Gloire ! amours ! extases mystiques !
Cauchemars ou rêves d'enfants,
Blancs frissonnements de musiques,
Bercez-nous doux en attendant !

18 avril 98.

LV

« LA DÉBACLE »

Trouez, baïonnette ! et hache, mitraille !
Et mâche, canon ! de l'homme ! à pleins tas !
Gorge-toi, carnage, à crever ! qu'entrailles
Et, membres en charpie, et sang, et cheveux gras,

Dégoulinent pêle-mêle de tes crocs qui fument
Sur ton distendu ventre et le long de tes bras !

C'est un peuple pourri et mangé d'apostumes,
Que saigne le destin, sauveteur sans pitié !
Taille, vieux chirurgien ! que la chair saigne et fume
Sous ton inexorable et sinistre amitié !...

Et pendant cela, l'éternel paysan sème
Sous la tuerie et sans s'en émouvoir, sans même
L'apercevoir, le blé fécond et nourrissant :
La terre calmement s'engraissera du sang
D'elle-même sorti, engraissera de même
Le blé qui nourrira les hommes innocents,
Afin qu'on vive encore, et qu'on meure, et qu'on aime.

19 avril 98.

LVI

« LE DOCTEUR PASCAL »

— Vieux docteur accroupi sur la Vie, acharné
Pourchasseur de la bête humaine, haut alchimiste
De la cervelle et du bas-ventre, anatomiste
Des passions, avec sang-froid passionné,

Te voici parvenu au soir de ta journée :
Depuis ton si lointain, si reculé matin,
Quelle essence as-tu distillée au serpentin ?
La brute ? et sans l'excuse d'être spontanée ?

Des appétits sans passion, des vices sans
Grandeur et sans ténacité, l'ignoble envie
Et tous les intérêts bas, petits, repoussants ?

Alors, d'où radieuse ta face, et ravie ?
— Enfant, j'ai vu rouler l'intarissable Vie
Ses tumultueux flots sans fin recommençants !

20 avril 98.

LVII

Que nous importe, au fond, la complainte Dreyfus ?
Hélas ! une victime ou de moins ou de plus,
C'est bien peu dans l'amas horrible d'injustices
Et de crimes sans nom qui par nous s'accomplissent !

Et puis, un officier peut-il être innocent ?
Son office avéré, c'est de verser du sang,
L'assassin à livrée : il faudra qu'il trahisse
Ses patrons ou l'humanité, mais qu'il trahisse !

Est-ce Zola qui me transporte ? par lui-même,
Non : son style n'est pas du tout celui que j'aime ;
Mais je vois simplement ça : la race d'en bas

Invoquant et (qui s'en fout) les nommés Patrie,
Loi, Devoir, Bien public, toute l'idolâtrie,
Bave sur mon seul Dieu : l'Art, et je ne veux pas !

21 avril 98.

LVIII

ODELETTE D'AVRIL

Mignonne, allons voir si la rose ..
RONSARD

Mignonne, allons voir si la rose
Fleurit au pif à Fernand Xau,
Si Brisson est toujours morose,
Et si Jujube est toujours sot ;

Si Rameau le Zophodordide
Boîte toujours comme son vers,
Si Drumont est toujours putride,
Les petits poissons toujours verts ;

Si Gallus est toujours intègre,
Si Léon Bloy, toujours punais,
Si Barrès écrit toujours nègre
Et Sarcey toujours javanais ;

Si Max Régis est toujours belle,
Si Méline est toujours quinteux,
Si Coppée est toujours pucelle,
Si Ramollot toujours gâteux ;

Si Millevoye, effondré saule,
A toujours l'air autant navré,
Si Judet est toujours un drôle,
Et si Rochefort est sevré ?

22 avril 98.

LIX

J'étais né pour être encensé des roses
Par moi balancées avec harmonie :
Pourquoi m'engluer dans les sales proses
D'où toute syntaxe pure est bannie,
Et polémiquer à même ces choses
Pour qui j'eus toujours nausée infinie ?

Las ! il le faut bien ! l'engence aux mains sales
Sous les gants cachou, de qui la posture
De pétrir, vomir, mâcher le scandale
Epanouissait si bien la nature,
Avec des candeurs vraiment idéales,
S'occupe aujourd'hui de littérature !

Mais à la façon dont les chiens des rues
Epèlent les murs : en levant la patte :
Faut bien nettoyer les places pollues
Et chasser la bande à grands coups de latte.
Et j'opère : hue-la, Drumont ! Judet, hue !
Puis laver mes mains, mais au carbonate !

23 avril 98.

. . . .

LXI

MUTATIONS

Après la débâcle. Judet
Intégrera la Préfecture ;
Gallus rincera le bidet
Et mangera la confiture
Chez ces dames du Chabanais ;
Joli-Barrès à la Glacière
Professera le Javanais
Et Vervoort se fera rosière ;
Sarcey sautera le pilou,
Faguet craquant les castagnettes,
Drumont vendra tes ponn's lorgnettes,
Mais Régis restera filou ;
Hanoteaux passera... concierge
Au harem de son doux sultan,
Et Méline tiendra le cierge
A Léon XIII au Vatican ;
Billot sera gardien de square,
Humbert Alphonse, sacristain,
Rochefort, paillasse à la foire,
Mais l'Eclair restera putain !

25 avril 1898.

LXII

A Me Labori.

Nous les aurons, les cannibales,
Sabres, jupons, galons, clairons !
Et quand ils nous bâillonneront,
Ce sera des pavés, des balles,
Bon Dieu ! que nous leur cracherons !

Ruez ! huez, meute hideuse !
Effondrez vous sur notre peau !
En vain ! nous sommes un drapeau,
Nous, et toi, l'innombrable gueuse,
Toi, tu n'es pas même un troupeau !

Nous sommes l'élite invincible !
Tôt ou tard, nous vous broyerons !
Vous attaquer à nous ? Voyons,
Vous n'y pensez pas : c'est risible...
Mais nous, les derniers qui rirons !

26 avril 1898.

LXIII

Au printemps des Coquecigrues,
Jean Rameau ne boîtera plus ;
Jujube soutiendra les grues
Sans des tant pour cent incongrus ;

. . . .
. . . .

Barrès humera sa pituite
Sans crever ; Rochefort-Luçay
Gardera deux idées de suite
Sans son crâne éclater ; Sarcey
Comprendra la Littérature :
Plus n'assiéra son Izoulet
Sur œuvre de haute facture ;
Ponchon ne boira que du lait ;
Ira Léon Bloy par les rues
Prêcher l'amour du genre humain :
A Basile on tendra la main
Au printemps des Coquecigrues.

27 avril 1898.

LXIV

En l'hyver des Coquefredouilles,
Les lecteurs du *Petit Journal*
Oncques plus ne seront andouilles,
L'*Eclair*, ne sera plus vénal
Et le *Jour* fuira les arsouilles
En l'hyver des Coquefredouilles !

L'incorruptible *Figaro*,
Le *Gaulois* cher aux poules-mouilles,
Auront tout petit numéro,
Et Mendès rasera ses douilles,

En l'hyver des Coquefredouilles,
Gyp fera rêver à Chamfort
En ses écrits et plus aux nouilles,
Sarcey à Paul de Saint-Victor
Et non plus aux vieilles citrouilles,
Et les *Débats* auront des jambes
En l'hyver des Coquefredouilles !

28 avril 98.

LXV

La prosopopée a tordu ses ailes,
Et l'hypotypose a crevé ses yeux,
Nous avons perdu l'oreille des dieux
Et votre reflet, clartés éternelles !

A tout, épopée, ode ou villanelles,
Trompette et pipeaux, offrons nos adieux ;
Trop durs sont les temps, trop l'homme odieux :
Soit, immergeons-nous aux boues actuelles !

Mais vous, puisqu'enfin vous nous y forcez,
A tremper dans vos œuvres vomitives,
Quand serez troussés, rossés et fessés,

Cravachés au sang par nos invectives,
Mis à nu, roués à grands tours de bras :
Vous l'aurez voulu, ne vous plaignez pas !

29 avril 1898.

LXVI

INVENTAIRE

Compulsant ma contribution journalière,
Je remarque une chose assez particulière :
J'incruste de cuisantes flèches dans la peau,
Pachydermique, hélas ! du vermineux troupeau
Qui te grignote avec voracité la peau ;
Je te loue en ton héroïque et altier geste,
Et la Littérature encor plus que le reste.
Eh bien, le seul, le seul dont je ne parle pas
C'est lui, le malheureux qui meurt tout seul là-bas,
Qu'une scélérate raison d'Etat supprime.
C'est que derrière l'immense et multiple crime
Où l'assassin est tout un peuple dépeçant
Un innocent, le sachant au fond innocent,
Je voyais et ne voyais de crime que l'autre ;
L'œuvre d'ombre du même peuple qui se vautre
Dans son ordure, et la mâche, et la crache au front
De l'intrépide au cœur grand qui lui fait l'affront
De souffleter son invétérée ignominie
Avec le don Quichottisme de son génie,
Et surtout je voyais, crime plus odieux
Que tous, l'assaut, l'éternel assaut furieux
De la foule contre l'Art divin, l'Art sublime,
Et devant le vengeur, j'oubliais la victime.

30 avril 1898.

LXVIII

Glaucos, le trucideur de la tribu de Sem,
Avec une incroyable éloquence débute...
Soudain, il plonge, il barbote, il fait la culbute:
Desinit in piscem.

LXIX

Glaucos est loin d'être un humaniste fini :
Ses amis lui voulant inculquer l'ortographe,
Lui lèguent un Lhomond avec pour épigraphe :
Ad usum delphini.

LXX

Plus hardi que les chevaliers du roi Arthur,
Plus ferme que tes Saints, ô Légende dorée,
Glaucos résiste au vent, au flot, à la marée :
Fluctuat nec mergitur !

LXXI

Glaucos tue en un empoisonné trait suprême
L'adversaire à la fin de chaque sien factum :
On dit que son amour est terrible de même...
In caudâ venenum.

LXXII

Glaucos n'a pas la tête forte,
Mais son chaleureux cœur supplée à son cerveau
L'Italien traduit — jurant que ça rapporte :
Mettere la coda dove non il capo...

LXXIII

Glaucos d'avoir joué du pudendum trop jeune
A vu condamner son amour au jeûne ;
C'est fini de brandir Homo-sum :
Abusus tollit usum.

LXXIV

Fut-il pas un Drumont vénérant la justice ?
Las ! à peine avait-il alors la peau sur l'os !
En sa caisse à présent les sequins retentissent :
Virtus post nummos !

LXXV

Rex-Régis, député-omnibus
Prêche la France à l'Espagnol, au Cypriote,
Au Maltais, au Berbère... il est le patriote
In partibus.

LXXVI

Du patriote et du paysan protecteur,
Méline a pour devise : *Ense et aratro,*
Mais il prononce avec candeur :
Rincez et a retro...

LXXVII

Créole, gorge-toi de glace et d'ananas,
Brahme, immerge ton corps aux eaux sacrées du Gange,
Intransigeant, gave-toi de fange :
Trahit sua quemque voluptas !

. . . .

LXXXI

DOMINICALE TIERCE

Les murs sont fleuris comme des ulcères
D'une éruption surmulticolore :
Jean-Jean Peuple-Roi en lui-même insère
Leurs exhalaisons puamment sonores ;

Végétation par trop estivale,
Plaques bubonant d'où le pus suinte,
Et que l'électeur goulument avale
Dans leurs mots visqueux, chapelets d'helminthes :

Vite évadons-nous aux campagnes molles
Où l'on s'enfouit dans l'herbe odorante,
Nous sentir draper, immense auréole,
Nature, de ton haleine géante ;

Profitons surtout du répit qui reste :
Les prairies bientôt ne seront plus sûres,
On y risquera rencontres funestes ;
Ces bois dresseront gueules et morsures,

Des gros Perlouviers sauteront dans l'herbe,
Des poissons glaireux nageront en Seine,
Des poilus Sarceys, gluants de proverbes,
Nous injecteront leurs baves malsaines,

Des Barrès sifflants mordront nos Mélines,
Des Esterhazys enragés, sans nombre
Courront... à nos pieds pendront par tartines,
Drumont, Rochefort, déposés dans l'ombre !

15 mai 1898.

LXXXIII

AU SALON

C'est le règne des poires, poires, poires, poires !
C'est le règne des poir's, des mufles, des navets !
C'est Peuple-Roi qui se déboutonne après boire
A huer les Zola, les Rodin, les Manet !
On voudrait s'endurcir à hurler des injures,
On voudrait inventer des gros mots, les ruer
Dans les gueules qui leur tiennent lieu de figures,
Et leur tomber dessus, sang-dieu ! et les rouer
De coups de canne, oh oui ! des cannes bien cinglantes
Sur ces dos ! chanter des *Te Deum* raboteux
A ces reins, à leur rendre les fesses sanglantes !
Et rompre des bâtons sur ces nez vertueux !
Leur défoncer à coups de botte le derrière !
Leur aplatir le masque à furieux coups de pied !
Les flamber vifs dans leur ratatouille ordurière,
Et les plats d'épinards, les croûtons, les pompiers !
Ah ! les cochons, cochons ! les Philistins ! les pieds !
Oh ! que je te comprends, impitié de l'antique !
On réclame une Sainte Vehme, un Tribunal
Révolutionnaire, un Saint-Office artistique,
Tant vous vient l'âme d'un Carrier, d'un Coffinhal,
D'un Antonelle, d'un Torquemada ! doux rêve !
Faire à Jacques Bonhomme, à Prudhomme Joseph,
Manger, manger, manger, jusqu'à ce qu'ils en crèvent,
Et manger à Prolo, soutien de la R. F.

Des hectares de Duez, de Bonnat, de Detaille,
Des quintaux de Gérome et de Cormon ! — sans pain !
Et faire dévider à travers leurs entrailles
Des myriamètres de Xavier de Montépin !!

17 mai 98.

LXXXIV

HARMONIE DU SOIR

Amant alterna Camenæ.
VIRGILE.

— *Poète, prends ton luth et me donne un baiser !*
— Non, pas ici ! Vervoort va se scandaliser !...

— *Si je vous le disais pourtant que je vous aime ?*
— Périvier nous ferait coffrer à l'instant même !...

— *Rien n'égale en ennui les boiteuses journées...*
— Si les proses de l'humble Coppée émanées !

— *Dieu ! que ne suis-je assise à l'ombre des forêts !...*
— Malheureuse, tais-toi ! Jean Rameau nous verrait !

— *Voici le soir charmant ami du criminel...*
— Vois-tu pas approcher Drumont et Croque-au-sel !

— *Le Poète est semblable au prince des nuées ?*
— Demande au Peuple-Roi qui le suit de huées !

— *Il marche tout vivant dans son rêve étoilé !...*
— Etoilé des crachats dont son front ruisselé...

— *Mais, Paris est la cité mère, âme de tout ?*
— La race de Paris, c'est le pâle voyou !

— *Mais, ses élus, tribuns, dictateurs légitimes ?*
— Un tas d'hommes perdus de dettes et de crimes !

— *Alors, jusqu'à la fin tu suivras ton Zola ?*
— Et s'il n'en reste qu'un je serai celui-là...

18 mai 98.

LXXXV

BUCOLIQUE

Chaque matin je lis un article du Code…
Ce n'est pas pour prendre le ton, suivant méthode
Stendhalienne, mais par hygiène : car, vrai,
Plus n'est la Littérature un retrait ouvré
Avec amour par ses fervents, mais une geôle
Où l'on tourne sous le talon de quelques drôles
Nous braquant pour gourdin leurs règles d'art bourgeois,
Et pour bâillon d'acier, les lois, les justes lois :
L'art est une section de la haute police
Avec la nation entière pour complice ;
Et ce qui les y fait sombrement compétents,
C'est que pas mal d'entre eux connurent dans des temps
Les procédés sinistres de la procédure
Qu'on dirige à présent sur la Littérature !
Ces tas de députés, souteneurs du Pouvoir
Quel qu'il soit, sont inscrits par Doit et par Avoir
Sur les livres discrets des banques à manœuvres,
Sous les rubriques *Personnel* et *Bonnes œuvres*…
Le mot d'échec leur tend un double sens, hélas !
Et veut dire : Dettes payées — ou bien : Mazas…
Celui-ci, que l'Ecole Normale consacre,
A léché tout saignants les talons du massacre

. . . . ! .

Cet officier conserve ses gants, pour cacher
Le sang dont il a teint ses doigts : c'est un boucher
Saignant la ſaim déſarmée avec héroïsme...
Ce gaillard qui frétille dans le journalisme
De tolérance comme un poisson dans son eau,
Ne fut ni plus ni moins qu'un... vous savez le mot !
Ce gras folliculaire à la langue posthume
Fait sourire quand il lâche : Taillons la plume !
On rêve la cuvette affable qu'à Laïs
Il tendait avec tant de majesté, jadis !
Et celui-là, pontife en la Littérature,
Est illustre pour ses amours contre nature...
Cet autre broute à trois rateliers : les catins
Le soldent pour prôner leurs talents clandestins,
Un ministre lui tend du bout de ses pincettes
L'argument décisif aux consciences ascètes
En faveur d'insolite adjudication,
Puis l'adjudicataire offre sa commission...
Cette dame à la fantastique particule
S'arroge un triple sexe, et le mot inocule
Elle l'entend toujours de travers, mais elle a
Le rouge au front devant le seul nom de Zola !...
Il est trop évident que pour ces gens austères,
Nous sommes dangereux, néfastes, délétères,
Que notre existence est une honte, et qu'il faut
Nous bien vite adjuger le bagne ou l'échafaud !

19 mai 98.

. . . .

LXXXVII

A UN MORT

Pour Forain.

Tu fus un combattant de la Commune, toi !
Tu ceignis la ceinture rouge de l'émeute ;
Tu n'avais pas le sou, tu n'avais pas de toit,
Tu ruais ta poitrine aux sabres de la meute
Bourgeoise ! en ces temps héroïques, tu fus beau,
Déchirant la cartouche et mâchant de la poudre
A pleines dents, bravant la mitraille et la foudre —
— Et l'honneur de te battre aux côtés de Rimbaud !
Tu fus soldat aussi : maigre et le ventre vide
Tu crayonnais la gueule à tes frères de lit
Pour gagner quelques sous, afin que se remplît
La gamelle légère à ta fringale avide...
Mais les Temps difficiles ont fui pour toujours ;
Te voilà riche et tu prends du ventre : la haute
Société t'accueille et daigne t'admettre, hôte
De sa feuille officielle ; aussi les mauvais jours
Sont effacés de ta mémoire complaisante :
A force de hanter le bourgeois et ses ors,
Tu t'es institué du dedans au dehors
Un pur bourgeois : aussi quand le jour se présente
De se manifester, que la situation
Est nettement posée : ici l'Art, là, les ventres,
Ici l'Equité, là, la loi, l'insurrection

La Conscience ici, là, le Code, tu rentres,
T'enferme à triple tour, et, bourgeois enragé,
Tu fusille' à l'abri ces gens qui troublent l'ordre !
Héhé, ce n'est pas mal pour un vieil insurgé !
Presse la griffe à ceux que tu sus si bien mordre,
A ceux qui s'ils t'avaient pris, t'eussent fusillé
Comme tes frères, ces martyrs que tu renies,
Fraternise avec tes amis, les Versaillais,
C'est plus sain que jadis : reste avec les valets :
Art et gloire pour toi sont des choses finies.

21 mai 98.

LXXXVIII

DÉPART POUR VERSAILLES

Je serai là, demain, et les guet-apens lâches
Qui s'ébauchent dans l'ombre auront à renverser
Une barrière de grands cœurs durs à forcer,
Si d'autres avec moi revendiquent leur tâche !

Car si faible et chétif je suis, ce cœur est haut ;
Il sent les instants où la plume inoffensive
Requiert la main qui la tient se faire agressive,
Et mâter le gourdin, le sabre, le couteau !

Allons ! aux bandes s'opposera la phalange !
Allons ! à ceux qui rampent, ceux qui marchent droit !
Les broyeurs de clartés aux pétrisseurs de fange !

Aux laquais de la loi les amoureux du Droit !
Allons ! c'est l'heure irrésistiblement auguste
Du grand combat sacré pour le Bon et le Juste !

22 mai 1898.

LXXXIX

LA DIANE POUR RÉVEIL

Sentinelle par bon vouloir
Avant de rejoindre ma place
De garde du corps, je vous passe
Votre consigne et c'est : Devoir !

Et le mot d'ordre est : Quand même !
Sans que vous ayez parlé,
Vous me l'avez révélé.
C'est pourquoi je vous en aime,

Et trompette juvénile,
Ma voix allègre et virile,
Oracle inaléatoire,

En claire fanfare réplique
A votre appel héroïque :
— Victoire ! victoire ! victoire !

Versailles, 23 mai 1898.

. . . .

ENFANTILLAGE

La meute s'abattit avec des cris de mort
Autour de la voiture, et moi, dans un beau zèle,
Je me ruai parmi, bandant un gourdin fort,
A pourchasser une soulageante querelle...

Ah ! qu'en vain ! ces jappeurs ne savaient que japper :
Ils ont le courage très agile, et les jambes
Eloquentes ; pourtant, à force galoper,
Provoquant en passant — pour rien ! — leurs plus ingambes,

Je joignis presque l'auto qui vous emportait,
Criai : Courage ! et vive la littérature !
Malheur ! l'essoufflement étouffant m'arrêtait,
Et je voyais filer, se perdre la voiture !

J'ai suivi, tour à tour et courant et marchant,
Espérant — mais très fort ! — qu'au plus prochain village,
Le peuple-roi du lieu, en vous reconnaissant,
Vous fermerait héroïquement le passage :

Et moi j'arriverais, mon bâton dans mon poing
Et vous délivrerais, tout seul, des populaces...
Mais mon vœu batailleur ne réalisa point :
J'atteignis la rue de Bruxelles, tête basse,

Tout vexé, tout suant, tirant ma jambe lasse !

24 mai 1898.

. . . .

XCIII

A M. GABRIEL M.

Parce que je me suis levé pour la Justice,
Que je me suis dressé contre l'iniquité,
Et parce que mon cœur n'a pas pu supporter
Que le crime triomphe et l'innocent pâtisse,

Les hommes m'ont gorgé de malédictions,
M'ont piétiné, foulé, comme le grain sur l'aire;
Je ne leur en veux point, ils ne me pourront faire
Abandonner ce que je sais ma mission;

Je persévérerai sans perdre confiance
Dans le chemin que m'a marqué ma conscience,
Inextinguible et jamais vacillant flambeau,

Et je vais calmement : que je vive ou je meure,
La justice marche à ma rencontre : à son heure
Venue, elle prendra pour siège mon tombeau.

26 mai 1898.

XCIV

A CELUI QU'ON NE NOMME PAS

> « Malgré moi j'y reviens, et mes vers s'y résignent
> A cet homme qui fut si misérable, hélas !
>
> V. Hugo.

Bâtard de Judas et d'une faute d'orthographe,
Journaliste de grande route, prêt à tout
Sauf écrire en français, moi, qui suis bon et doux,
Vais te faire immortel de par ton épitaphe ;
Hâte-toi de mourir afin d'en hériter :
Je l'écrirai moi-même et sur ta tumulaire,
Puis, ça m'arrangera : je suis membre honoraire
D'un Comité d'Hygiène et de Salubrité !

« Ci-gît qui consacra tous les jours de sa vie
« A mensonges, délations et calomnies ;
« Un jour sans le vouloir il dit vrai, l'aperçut :
« Je suis perdu d'honneur, dit-il, et là-dessus,
« Il avala sa langue et sur-le-champ mourut ».

27 mai 1898.

XCV

PEUPLE-ROI

Quand le despote était un homme, Hippias, Tibère,
Amourath, on pouvait s'en délivrer : un coup
De couteau, puis pousser la carcasse à l'égout —
(La soldatesque ou la canaille populaire

De sa charogne maçonnait un tyran neuf,
Mais il fallait du temps) — en cas d'échec, suicide,
Ou supplice, assuraient un dénouement rapide ;
Mais depuis l'égalitaire Quatre-vingt-neuf,

Le despote c'est toi, c'est moi, c'est Tout le Monde :
Essayez de frapper ! cent millions de bras
Et pas de tête : un nombre ! on ne le connaît pas,

Il est partout ! et plus la brute furibonde :
Grouillement d'anonymes bien doux, bien corrects,
Sans savoir s'étranglant d'échanges de respects !

28 mai 1898.

XCVI

DOMINICALE QUARTE

> Il pleure dans mon cœur comme
> il pleut sur la ville.

Dimanche mariné dans du Protestantisme
Comme dans sa saumure un hareng saur en daube!
Il me pleut des versets de la Bible aux épaules,
Et cela me transit soudain dans mon lyrisme!

Percé jusques au fond du cœur par le muflisme
De ces contemporains naviants, et par la pluie
Grise comme un Calvin détrempé dans la suie,
Je m'immerge dans un lugubre maboulisme...

Notre faute, si le soleil latin abjure
A son tour et si son ciel bleu s'anglicanise
Et se vêt d'un waterproof d'eau maussade et grise,
O Zola! De lui perpétuer cette injure:

Salir son printemps de luttes électorales,
Polluer ses couleurs aux affiches murales,
Il se résout, tout maculé, pour nous confondre,
Le soleil d'or, à se faire blanchir à Londres!

29 mai 98.

XCVII

Si je ne me barbouille pas avec du blanc
Et du rouge et du bleu, je suis un monstre, v'lan!
Ah, tenez! vous êtes à conserver sous cloche!
N'est-ce pas déjà trop, poète va nu-pieds,
Ignorant ce que c'est qu'avoir vingt sous en poche
Que j'accepte le risque d'être estropié
Ou tué par des gens qui ne m'ont nulle haine
Et que je ne hais point, les ayant jamais vus,
En veillant sur l'intégrité du bas de laine
De toi, rentier qui me méprises, sac d'écus
Dont la patrie est le guichet d'où pleut la rente?
Où de toi, paysan tordu, prêt à lécher
Comme naguère et jadis, la botte sanglante
D'un hussard blanc, pour quelques liards à empocher,
Pourvu que l'ennemi ne touche pas ta terre
Ou bien qu'il mette à sac la terre du voisin?...
Oui, vous avez raison, patriotes austères,
Je trahis la patrie et suis son assassin:
Si j'étais un bon patriote, ma première
Entreprise serait de vous exterminer!
Vous avez fait de mon pays, cette lumière
Du monde, votre proie, et, vous la rançonnez
Et la mangez en chœur! et ce n'est rien encore:
Vous l'avez avilie et roulée à l'égout!
O France! oui tu fus! tu fus l'auguste aurore

Des peuples ! maintenant tu n'es que leur dégoût !
Et par vous ! vous avez étranglé Poésie,
Art, noblesse de cœur, tout, mâcheurs de gros sous,
Et piétiné dessus avecque frénésie ;
Tout élan, votre fange ignoble l'a dissous !
Vous avez promulgué, biffant toute l'histoire,
Que la Patrie est un enclos de tant d'arpents,
Une bureaucratie à même un territoire
Où pâturent sans fin vos appétits rampants !
Eh bien, entendez-moi : s'il est une Patrie,
C'est nous qui la faisons, artistes et penseurs,
Et cette morte sainte, hélas par vous flétrie,
Sans nous, ses respectueux ensevelisseurs,
Vous, grouillements de vers, votre atroce besogne
En ferait une immonde et navrante charogne !

30 mai 98.

XCVIII

Et je leur ai fait des excuses, ou tout comme (1)
Je traite celui ci presque de souteneur,
Pensai-je, et peut-être est-il un très galant homme !
Ai-je le droit d'aller lacérer son honneur ?
Celui-là, je l'appelle Judas ; je l'accuse
De mentir contre de l'argent ; cet autre.. eh bien !
Qu'en sais-je ? et si c'est faux ? je les ai sans excuse
Diffamés ? — soit : Drumont est un homme de bien,
Vervoort aussi, Judet aussi, Mayer de même ;
Voilà, c'est entendu, moi, j'aime mieux cela,
Car je trouve que c'est la lâcheté suprême,
Attaquer un homme en sa vie privée — Or çà,
Puisque nous sommes entre gens qui se respectent :
Comment le rouge au front ne vous monte-t il pas,
Vous tous ! à requérir des armes si abjectes,
Pétrir l'ordure et la lancer à tour de bras,
Et puis recommencer ! et puis encor ! sans trêve !
Peut-être est-ce que je suis trop jeune enfantin,
Mais dès que j'essaye à vous lire, mon cœur lève,
Je ne peux pas... Je suis trop jeune, c'est certain !
Ah ! votre vie privée est pure ? eh mais, j'espère !
Quand on défend propriété, armée, honneur,
Patrie, famille, il faut être bon fils, bon père,
Bon soldat, n'avoir pas des mœurs de souteneur
Et n'être pas escroq ni voleur trop notoire ;

(1) Cette pièce n'existe plus.

Vous l'êtes : la morale en actions et l'histoire
Guettent vos noms, et vous l'avez bien mérité ;
J'en suis ravi... Ah ! vous êtes les gens honnêtes
Et vous défendez l'honnêteté comme ça ?
Mais vous êtes hideux et risibles ! vous n'êtes
Que des tas de sépulcres blanchis ! un forçat
En serait écœuré ! Je suis une crapule
Crierait-il, mais du moins, je suis ça franchement !
Mais vous, honnêtes gens hérissés de scrupules,
Votre indignation ment ! votre honnêteté ment !
Que me fait que vous payiez la propriétaire
Et ne vous fassiez pas payer par les catins,
Et soyez caporal dans l'armée auxiliaire,
Et baisiez votre épouse au front tous les matins ?
Ah tenez, je vous plains ! il serait moins infâme
D'être des assassins, des escroqs, des filous,
D'acheter des conscience' et de vendre des femmes
Que d'être honnêtes gens à la façon de vous !

31 mai 98.

XCIX

PASTICHE BAUDELAIRIEN

Que feras-tu ce soir, pauvre âme solitaire,
Que feras tu (etc...)
BAUDELAIRE.

Que feras-tu ce soir, pauvre âne solitaire,
Que feras-tu, Rameau, rimailleur sans esprit,
A la très belle, à la très bonne, à la très chère
Littérature où rien jamais tu n'as compris ?

— Nous mettrons notre orgueil à compisser la gloire :
Rien ne vaut la douceur, pour un hargneux raté,
De faire sur Zola pipi aussitôt boire
Et... braire sur Rodin sitôt qu'on a brouté !

Que ce soit dans la nuit et dans la solitude,
Que ce soit dans la rue et dans la multitude,
Leur fantôme dans l'air passe comme un flambeau ;

Parfois il parle et dit : Tu es bête : j'ordonne
Que pour l'amour du Beau, tu haïsses le Beau,
Tu es l'âne gardien, la buse qui chardonne.

1er juin 98.

CC

UN PEU DE MUSIQUE

Si tu veux, faisons un rêve !...
V. Hugo.

Si tu veux faisons un gosse...
Il tiendra de toi, de moi :
Il sera comme moi rosse,
Il sera beau comme toi,

Il aura tes joues vermeilles,
Ton petit nez retroussé,
Et du poil dans les oreilles
Comme toi, mignon Sarcey !

Il descendra de Shakspeare
Par Obéron comme moi,
Successeur de son empire,
Et par Falstaff, comme toi !

Il aura (par ma nature)
Le dégoût du gros succès
Et pour la Littérature,
Ton mépris, poupin Sarcey !

Chérira Bayard, Xaintrailles,
Turenne, Hoche, comme moi,
Et les héros de Versailles
Et Galiflet, comme toi !

A l'Opéra, ses délices
Seront Wagner comme moi,
Et les émouvantes cuisses
Des danseuses, comme toi...

En drame, les œuvres pures
D'Ibsen et ceux que tu sais,
Et comme toi les coupures
Des censeurs, loyal Sarcey !

Il tiendra de toi ce style
Noble, élégant, si français,
Qui chante, chatoie, rutile :
Ta propriété, Sarcey !

Si le gros bon sens lui manque
Comme hélas ! il manque à moi,
Qu'importe : en tiens-tu pas banque?
Tu lui en passeras, toi !

Surtout ta belle vaillance
A frapper le sur le vaincu :
Si j'en ai grande indigence,
Tu en regorges, Sarcey !

1er juin 98.

CI

DÉCLARATION D'AMOUR A GYP

> Si je vous le disais pourtant que je vous aime,
> Qui sait, brune aux yeux bleux, ce que vous en diriez ?
> A. de MUSSET.

Si je vous le disais pourtant que je vous aime,
Qui sait, brune aux bas bleus, ce que vous en diriez ?
Que je mens ? Dieu ! ne proférez pas ce blasphème !
Dites, dites-le moi, vous ! que vous me croiriez !

Je vous aime tant, moi ! j'adore, adore, adore,
Votre héroïsme à sans haut de cœur ressasser
L'éternelle anecdote, encore ! encore ! encore !
Toujours la même, et qu'on voit toujours repasser !

O souvenirs ! je revois tante Apollinaire
Et le bas qu'elle tricotait sans fin... elle mourut
Sans l'avoir achevé, presque nonagénaire :
Que toutes deux, Dieu vous accorde le salut !

J'adore cet esprit qu'adora ma grand'mère,
Cet esprit vénérable, éminemment français
Rappelant Sévigné comme rappelle Homère
Ou les frères Goncourt, ce sémillant Sarcey !

J'adore vos enfants, plus que les grains du sable
Nombreux (qu'ils m'endorment bien quand j'ai mal aux
[dents !)
Germain, Jean Lorrain, et ces flots intarissables
De vos petits, petits, tout petits Lavedans !

J'adore ce français renouvelé de Scribe
Et d'Edmond About, vos respectables papas...
Et c'est en vain, cruelle ! ô vermicelleux scribe :
Je meurs d'amour pour vous, et vous ne m'aimez pas !

Vous ne pouvez m'aimer puisque tout ce que j'aime
Vous l'abhorrez sans y rien comprendre — (ou si peu !)
L'héroïsme, le beau, l'Art, mon culte suprême,
Cuit, pauvre oiseau plumé, dans votre pot-au-feu !

2 juin 98.

. . . .

CIII

J'ai reçu deux cent mille francs du Syndicat
Plus, pour pourvoir à ma défense personnelle,
Une cravache, une nasse forme nouvelle,
De l'onguent gris et des gants en gutta percha ;

Plus, pour corrompre un lot de journaux patriotes
Un louis par rédacteur, entrée à prix réduit
Au Chabanais, en présentant son sauf-conduit
Médical (se munir de caudales capotes

Et de sa carte : (oui, sa carte d'électeur) ;
Mais deux cent mille francs quand Zola, l'insulteur
De l'Armée, a touché de la Triple Alliance

Deux millions comme chacun sait : en conscience,
Je puis sans me montrer vraiment trop exigeant,
Protester que j'y mets encor de mon argent !

4 juin 98.

CIV

WILLY.

Comme il m'a — je parle séiieusement — rendu
Service avec une générosité grande
Il est juste que pour m'acquitter de mon dû
Je l'injuiie et sombrement le willypende.
Cet homme a pollué son talent trop réel
A bêcher la musique éminemment française
D'un jeune d'avenir : Thomas! qu'un bien cruel
Trépas a moissonné vers l'an quatre-vingt seize,
A l'âge où l'on redit : papa-maman-caca.
Il avait dévoilé déjà son infernale
Noirceur en livrant, tout comme un du Syndicat,
Tous les plans de la défense nationale
Du Grand escalier aux agents accrédités
De la cour de Bayreuth ; et l'infâme triplice
Wagner-Franck-Brahms, chez Schott (de Mayence!) édités
L'eut pour persévérant et farouche complice.
Ce sont des faits. Bien plus : en casque à rubans blancs
D'ouvreuse (et pourquoi donc ce travesti salace ?
— Vous séduire, abonnés aux crânes nus troublants
Des concerts du Idemvatoire !) il eut l'audace
De chercher à corrompre les chastes pompiers
De Colonne (1) et capter leurs arcanes consignes !
Il traite sans pudeur autant dire de pieds,
Nos génies les plus indéniablement insignes :
Théodore Dubois, Joanni Perronet,

(1) Ce n'est pas de Pierné que je paile.

Salvayre, Machindor, G. Lemaire, Joncières,
Et jusqu'à ce sommet musical : Massenet !

Mais tout soit oublié ! ses proses justicières
Viennent de mettre au carcan ces deux traîtres-là...
— Qui donc ?? — mais ce... Rodin... et ce ah !... ce...
[Zola !

5 juin 98.

CV

Je suis, tu es, il est, nous sommes patriotes,
Vous êtes patriote, ils et elles le sont !
Magique mot de passe ! en ses conjugaisons
Et ses déclinaisons scélératement sottes,

Il institue tout seul une langue idiote,
Accessible aux bestiaux, aux chiens et aux poissons,
Avec une franc-maçonnerie aux façons
Lâchement larges, mais étroitement bigotes :

Proférez ce seul mot, et soyez un voleur,
Souteneur avéré, imbécile, assassin,
Vous promouvez pontife, inviolable et saint ;

Ne le proférez pas, fussiez-vous par ailleurs
Un héros, un grand cœur, un homme de génie,
Si vous vous refusez à cette comédie,

Vous êtes un forban qu'on traîne aux gémonies.

6 juin 98.

CVI

— Tout un peuple complice ! est-ce possible, ça ?
— Ah ! pauvre ami : tu crois toujours à la légende !
Peuple français ! peuple héroïque ! âme si grande !
Enthousiasmes feints des menteurs sur commande !
Le peuple en tous pays est un lâche, entends-tu ?
Patriotisme, honneur, sacrifice, vertu,
Il s'en fout, il veut ça : qu'on le laisse tranquille ;
Qu'on l'amuse, surtout ! Panem et circenses !
Et ses laquais, tournant en grandeur sa bassesse,
Gonflent d'hymnes soufflés, le despote servile !
Ah, Danton ! ah, Marat ! pauvres dupes ! et toi,
Noble Etienne Marcel ! toi, pâle Robespierre,
Que n'es-tu, tendre songe-creux, dans ton Artois
Resté lire Rousseau, Bernardin de Saint-Pierre !
A la rancune du peuple contre les purs,
Le meurtre n'est qu'un assouvissement précaire :
Il lui faut vous déshonorer, couvrir les murs
De l'Histoire avec la calomnie urticaire
Des historiens valets et vous déshonorer !
Il n'implore que la pâtée et la cravache,
C'est un poltron gourmand, fainéant et bravache :
Il est né chien, doué par erreur de parler.

7 juin 98.

XCIX

MADRIGAL AUX CULS-DE-JATTE

Si l'on me demandait : Quel aimes-tu le moins,
Bretteur : ton ennemi ? Pas du tout : les témoins !
Mon ennemi, j'en fais mon égal par ce même
Que j'ai décidé de contre lui ferrailler :
Lui de même, et je puis soutenir sans railler
Qu'il est mon frère d'arme et que c'est lui que j'aime...
Mais, que dis-je ? est-il mon ennemi ? non : rien plus
Que mon antagoniste. — Et l'ennemi, qui est-ce ?
— Le bétail regardeur ! ah, neutres ! superflus !
Eunuques sans pudeur montrant qu'ils n'en ont plus
Et brâmant, glorieux : Voyez notre sagesse !
Ah ! que c'est répugnant ! surtout, quelle tristesse
A voir dans ce débat (où toute la question
Primitive s'est dénaturée en cette autre :
— Qu'est l'Artiste ? un joueur de flûte, un histrion
Délassant les gens sages, ou bien un apôtre
Universel, et comme s'exprimait cet autre ;
« L'Orateur du Genre humain ? » — A voir la navrante
Pusillanimité — J'use d'un mot trop doux ! —
De la gent crayonnante, sculptante, écrivante !
Prononcez-vous : soyez ou pour ou contre nous,

Mais soyez! — Contre vous ? ah cher Maître, cher Maître !
— Eh bien alors? — Eh bien... c'est que... j'ai mon journal...
Mon directeur est un négociant très brutal :
La clientèle, c'est tout ce qu'il veut connaître !...
Que suis-je ? un employé... J'ai mon pain... — Bon! et toi ?
— Ah mon cher, je vous suis tout dévoué !... mais quoi !
J'ai ma première, et ce public est si féroce...
— Et toi? — Mais comment donc ! cependant... seulement...
Tu sais, je sollicite du gouvernement
Une commande... et dame ! quand on a des gosses...
— Et toi ? — L'on m'a promis la croix (moi, je m'en fous,
Mais l'éditeur, tu sais...) — Et vous ? — Et vous ? et vous ?
— L'Académie... Un tel en a pour six semaines...
Et, j'ai compris... peux pas laisser passer la veine...
— Moi... dois me marier... dot... beau-père... veut pas...

Ah malheureux ! êtes-vous donc roulés si bas !

8 juin 1898.

. . . .

CIX

Je n'ai jamais cherché à vous voir — ni vous moi :
A quoi bon ? n'eût-ce pas défloré ce colloque
D'un charme que je veux présumer réciproque ?
Cependant, je dois avouer de bonne foi,

Un souci me tenait — direz-vous juvénile ? —
Les lit-il, ces placets où j'épanche mon cœur
Avec une si pure et sincère candeur ?
D'ailleurs, inquiétude au fond non puérile :

Car un cœur qui s'ouvre et s'offre et n'est point reçu,
C'est une histoire aussi tragique et lamentable
Que celle d'un Léandre expiré sur le sable
Au seuil de sa Héro sans que Héro l'ait su !

Mais le hasard affable a permis que j'apprisse
Que vous avez pris en bienveillance le don
De moi que je faisais avec tant d'abandon
Et sans y préjuger la fin d'un vain caprice :

J'ai lu cela dans le *Merci*, — bref mais bien clair
Pour qui levant l'écorce aux choses même inanes
En apparence, en découvre les sens arcanes —
Que vous m'avez donné l'unique fois — hier —

Que je vous rencontrai : dans la rue, en plein air.

10 juin 1898.

CX

EXERCICE SUR LES SYNONYMES

J'accuse ! — eh ! c'est ce mot qui les jette en furie !
J'accuse ! autrement dit : Je soussigné, convie
A combattre un combat face à face, loyal,
Visage au vent !... mais c'est se conduire en brutal,

En sauvage ! accuser ! c'est toute politique,
O Machiavel, éventrée ! une tactique;
De boulet de canon ! Voyez-vous les stylets
En face d'eux trouvant un raboteux balai ?

Il est certain, ça ne sent pas son gentilhomme !
Saltabadil-Basile en peut être écœuré :
Il vient, discrètement, poignarder : on l'assomme.

Son poignard est tout bonnement déshonoré.

Aussi, quelle leçon de français — épuré
A l'usage des honnêtes gens — pour réponse !
J'accuse ? criez-vous — on reprend : Je dénonce !

11 juin 1898

CXI

P.P.C.

— Rameau ne t'a rien fait ! — Comment rien ? et ses vers ?
— Les as-tu entendus ? — Hélas ! dits par lui-même !
— Eh bien ? — Comme ses pieds ! — Et déclamés ? — De
[même !
— Mais corbleu ! c'est son droit, faire des vilains vers !

D'autant que c'est ton droit, toi, de ne pas les lire !
— C'est justement ce qui me met en fureur, moi !
Qu'il ait le droit de faire des vers, comme moi
Qui suis un poète ! eh parbleu ! ne pas les lire,

En sont-ils moins commis pour cela ? non, pas moins !
Donc, comme ils sont à la poésie un outrage
Direct et permanent, c'est bien moi qu'il outrage :
Mon devoir serait de lui lâcher mes témoins !

Mais tu connais combien je suis d'humeur tranquille !
Or, il éreinte ceux que je prise le plus :
Rodin, Zola, Stéphane Mallarmé... qui plus ?
(En quel style ! ! !) que ne les laisse-t-il tranquilles ?

S'occupent pas de lui : ils l'ignorent. — Voilà
Ce qui le navre : il veut à tout prix qu'on lui cause,
Fût-ce en l'envoyant paître ! — Alors ? — Tu sers sa
[cause !
— Ah mais non ! je ne lui dis plus un mot, voilà !

12 juin 1898.

CXII

PROTESTATION

— Mais Zola s'est conduit d'une manière indigne !
Oui, Monsieur ! chaque jour de sa vie est pour moi
En plus d'une menace de mort, une insigne
Insulte à mon honneur privé ! — Tiens ! et pourquoi ?
— Sa devise, Monsieur : « Nul jour sans une ligne ! !

13 juin 1898.

CXIII

QUERELLE D'AMOUREUX

Ce qui m'agace en vous, Mirbeau, c'est la manie
D'inventer tous les mois un homme de génie
Que vous enharnachez d'un geste protecteur !
Ce doit être très humiliant pour le sculpteur,
Le poète, le peintre orné de l'apostille
Que vous lui conférez en père de famille :
— Ah ! ce Mirbeau, mon cher ! il t'en a fait du bien !
— Il t'a lancé Mirbeau !... — Eh zut, je le sais bien !
— Sans Mirbeau tu serais... — Rien, je ne serais rien,
Et c'est justement ça qui me fait tant de peine :
Comment ! voilà dix ans, vingt ans, plus, que je peine,
Et je demeure un pauvre inconnu jusqu'au jour
Où Mirbeau, s'éprenant pour moi d'un bel amour,
Promulgue au gros public mon acte de naissance !
Car je date de lui, de lui seul je commence !...
Je sais bien ! pas sa faute, à lui ; celle du sot
De public, mais j'en souffre ! à tout dire d'un mot,
Ma trop maladive fièvre d'indépendance
Me rend cuisant tout devoir de reconnaissance,
Et si plus tard, comme fermement je le crois,

7

L'éventualité se présente pour moi
De susciter l'estime aux pétrisseurs de gloire,
Je les prierai de ne pas s'occuper de moi...
Au surplus, je ne travaille pas pour l'Histoire.

Ceci dit, je veux saisir cette occasion
De motiver l'excessive admiration
Que je porte à Mirbeau. — D'abord, il est de France
Avec et avant eux, même — Anatole France
Et Clémenceau, l'homme qui sait le mieux de tous
Son français — et c'est rare à présent, savez-vous !
C'est-à-dire possédant le mieux le génie
De la langue — oui, c'est chose très rare à présent,
Inconnue même de maint œuvreur de génie
Qu'un écrivain français écrive en francisant !

Et je l'aime enfin pour (chose aussi rare en somme)
Etre toujours carré ! ce que j'appelle un homme.

14 juin 1898.

CXIV

BRADAMANTE-GAVROCHE

Lorsque Vaillant dans sa naïveté sublime
Crut qu'en démolissant quelques pantins infimes
Il sévrerait ce sénile peuple enfantin,
La meute journaliste en chœur, gros et fretin,
Se ruèrent sur le vaincu cloué par terre ;
Pas un n'eût la pudeur tout au moins de se taire ;
Et Séverine seule eut l'intrépidité
De faire bouclier au martyr insulté :
Aussi, bien que souvent son style me suffoque
(Dire qu'elle écrit si bien quand elle se moque
D'écrire et ne cherche le mot grandiloquant
Que dans son cœur, que dans son grand cœur éloquent !)
Malgré cela, et cela, c'est une bisbille
De linguiste casuiste, et jusqu'à la vétille,
Moi qui ne sais aimer ni haïr à demi,
Séverine est mon camarade et mon ami
A jamais pour être si brave homme et si brave,
Quand les hommes se font des eunuques esclaves !

15 juin 1898.

CXV

ROSÉE ROUGE

Le chat fourré vient de raviver de sang frais
Sa fourrure meurtrièrement écarlate,
Et les laquais bourreaux, se tenant là, tout prêts,
Se sont en tas fait oindre par l'humide patte !

Et moi, j'ai ri de lui, jadis ! J'eus la candeur
De ne voir que du ridicule à cette face !
Ah ! le rire s'effondre, étranglé par l'horreur :

— « Regardez tous ! voici l'Homme Rouge qui passe ! »...

16 juin 1898.

CXVI

SUR CLÉMENCEAU

Vous est-il arrivé de lire les Annales
Des Assemblées de la Troisième République ?
Je veux dire : Avez-vous essayé ? — Essayez ;
Allez à la Bibliothèque Nationale
Salle des Imprimés, faites-vous convoyer
Les Recueils des débats de nos Chambres publiques :
Je vous défie, entendez-vous, d'aller plus loin
Que la dixième page... ah ! que dis-je ? bien moins :
Dès le début on est suffoqué : la bassesse,
La nullité, mais nulle, nulle à vous donner
Le plus gros mal de cœur ! s'en dégorge à plein nez !
Rien auprès que les polémiques de la presse !
Et je n'évoquerai pas la comparaison
Avec la concierge ou l'épicier, car je jure
Que la concierge tout au moins de ma maison,
S'exprime — ah, certe ! — avec plus de littérature
Que Monsieur Deschanel par exemple, tenez...
Ah, oui ! J'entends causer le soir dans sa boutique
Vergonjeanne, mon charbonnier à ses pratiques,
Dont un sergent de ville... eh bien, j'ose prôner
Qu'ils voient les choses d'une façon plus pratique
Et plus élevée à la fois que les trois quarts
Des acrobates fameux de la politique !

Exorbitait Clémenceau comme un monstre à part !
Il suggérait Bidel ; mais Bidel sans ses fauves,
Un Bidel exilé dans une basse-cour
Il détonait en tout et pour toutes les causes :
Il n'a jamais parlé pour faire des discours,
Quand il parlait, c'était pour dire quelque chose...
Enfin, c'était le seul de nos hommes d'Etat
Qui parlât en français : entends-tu, Gambetta ?
Surtout, c'est un homme de cœur et de courage :
Qu'allait-il faire là ? Compâtissant et sage,
Peuple Souverain, et Presse libre ont vomi
Par dévouement patriote, cet Eennemi
Du Peuple dans la Littérature : — Il rend grâces
A eux tous, s'y sentant enfin à sa vraie place.

17 juin 1898.

CXVII

LE SUPPLICIÉ

Sur un écueil battu par la vague plaintive...
(LAMARTINE).

Comme sous le coup de couteau d'un mauvais rêve
Déchirant la trame élastique du sommeil,
Soudain l'atroce vision m'étreint, m'enlève
Au travail somnolent par un brusque réveil :

Je vois un malheureux incrustant sur la plage
Sa marche d'aujourd'hui dans sa marche d'hier,
Et tournant, et tournant comme une bête en cage,
Dans la prison de sable où l'enferme la mer ;

Et la monotone voix des vagues lui pressure
Goutte à goutte avec implacable placidité
Le supplice et minute à minute lui mesure
Une à une battues pendant l'éternité,

Les heures et les heures qu'il lui reste à vivre ;
Il agonise ainsi, doucement déchiqueté
Sur le sol de cuivre et sous le soleil de cuivre.

18 juin 98.

CXVIII

PROVISOIRE ÉPILOGUE

J'ai l'air de répéter toujours la même chose...
C'est vrai : que voulez-vous ? je n'aime qu'une chose
Au monde. la Langue française ; en ça, je suis
Un patriote irréductible, je ne puis
Concevoir trahison plus grande envers la France
Que d'écrire un vilain français ! est-ce un maintien
Où je m'incruste par pose ? Oh, du tout ! ça vient
D'une très réelle et très cuisante souffrance :
Ah ! moi, — comme de bon cœur je vous donnerais
L'Alsace et la Lorraine pour un bon poète !
Et, je le jure, avec l'assurance complète,
Qu'à l'échange, c'est la France qui gagnerait !
Ce qui fait la force et la grandeur d'une race,
Ce n'a jamais été l'épée de ses bouchers
Mais sa Pensée, une phosphorescente trace
Dont elle imprégnera tout ce qu'elle a touché :
La Littérature est une chose sacrée ;
Le Verbe est Dieu ; le Verbe est la pensée ailée
Et le reste n'est rien que prostitution :
L'Artiste a pour irrésistible mission
D'incorporer dans leur embrassement superbe
La splendeur de l'Idée à la splendeur du Verbe

Et de faire jaillir de ce sublime hymène
La flamme où rallumer la mourante âme humaine.

Et si j'ai pour Zola tant de dilection,
C'est qu'il s'est, de par son héroïque action
Manifesté plus grand artiste et grand poète
Que dans toutes les œuvres grandes qu'il a faites,
Celles-ci fussent-elles plus grandes encor.
Je parle au nom, je sais, de ma génération,
Cette génération au cœur si haut, si fort,
Et que blasphème en vain l'incompréhension
De morts vivants plus desséchés que des vrais morts !

19 juin 98.

. . . .

CXXIX

CARTEL P. P. C.

Honnêtes gens que j'invective,
Je l'ai fait avec loyauté :
Si ma verve est trop agressive,
C'est que vous l'avez mérité ;
La tactique diffamatoire
Je la méprise et plus que vous...
— Est-ce reculade oratoire ?
Je me rétracte ? — Ah non ! du tout !
Mais il ne me plaît pas qu'on puisse
Me braquer sa citation,
Me dénoncer à la police
Pour fait de diffamation :
Je suis gueux comme un vrai poète,
Le sire en sera pour ses frais...
La prison ? c'est une retraite
Gratis : merci bien s'il l'offrait !
Si tant outragé l'on se juge
En quoi l'on aurait tort, d'ailleurs,
On peut sans recourir au juge
S'arranger entre *gens d'honneur* :
Et comme je n'ai de ma vie
Sabre ou fleuret jamais touché,
On pourra si l'on a l'envie
Faire un héros à bon marché !

30 juin 98.

Saint-Amand (Cher) — Imprimerie Destenay, Bussière frères.

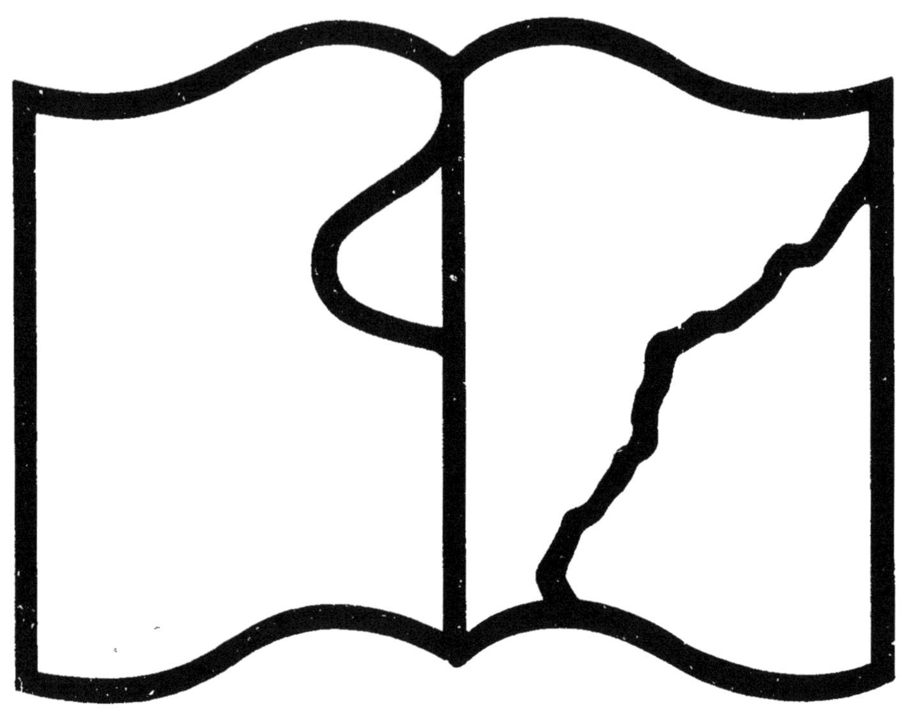

Texte détérioré — reliure défectueuse

NF Z 43-120-11

A
B